SALTO

Allegra, die Tochter Lord Byrons, wurde nur fünf Jahre alt. Die prominente Herkunft aber sowie die seltsame Tragik ihrer wenigen Lebensjahre haben das Leben dieses Kindes zu einer verrückten Episode der Romantik gemacht. Iris Origos Buch, ein aufschlußreicher Blick in ein bizarres kulturgeschichtliches Séparée des neunzehnten Jahrhunderts, ist auch eine Reise durch die psychologischen Kalamitäten des empfindsamen Zeitalters.

Iris Origo

Allegra

Aus dem Englischen von
Gertraude Krueger

Verlag Klaus Wagenbach Berlin

Inhalt

So I turned to the Garden of Love
That so many sweet flowers bore;
*And I saw it was filled with graves.**
William Blake

* »So wandte ich mich dem Garten der Liebe zu / Der so viele süße Blumen hervorgebracht hat / Und ich sah, er war voller Gräber.«

Claire und Byron

Sie kam über das Meer auf ihn zu – ein nacktes Kind, zart und schmächtig, mit tiefblauen Augen und langen blonden Locken – Allegra. Sie verschwand im Mondenschein. Shelley hielt den Arm seines Freundes heftig umklammert und verharrte regungslos, unverwandt betrachtete er die Wogen, die sich unten am Strand brachen. Dann: »Dort ist es wieder! Dort!« rief er. Sein Freund aber erblickte noch immer nichts. Doch Shelley sah sie aus der weißen Brandung aufsteigen, »wie vor Freude in die Hände klatschen, und sie lächelte ihm zu«.*

Allegra – ein glücklicher Name – ein seltsames und unglückliches Geschick. In den fünf kurzen Jahren ihres Lebens zog eine Bilderfolge an ihren Augen vorüber, die so schillernd und vielfältig, so verwirrend und seltsam war, wie nur je ein Kind sie zu Gesicht bekommen hat. Und kaum weniger ungewöhnlich waren die Umstände, die ihrer Geburt vorausgingen.

Allegras Mutter, Mary Jane Claire Clairmont – oder Claire, wie sie sich lieber nannte –, war die Stieftochter des gelehrten William Godwin** – eine launische, emotionale junge Frau mit glatten schwarzen Haaren, schwarzen Augen, dunklem Teint, lebhaften Gesichtszügen, einer raschen, doch ungeschulten Auffassungsgabe, einem labilen und anstrengenden Wesen und einer heftigen Gier nach Romantik und

* Diese Geschichte ist in E. E. Williams' Tagebuch unter dem Datum des 6. Mai 1822 (15 Tage nach Allegras Tod) festgehalten und in Peacocks *Memoirs of Shelley* abgedruckt.

** Sie war die Tochter der zweiten Mrs. Godwin von einem früheren Mann und daher mit Mary Shelley, der Tochter von Godwin und Mary Wollstonecraft, überhaupt nicht blutsverwandt.

Abenteuer. Als Shelley um Mary Godwin warb, war Claire – gerade sechzehn Jahre alt – ihre gemeinsame Vertraute. Der Frau des Gärtners zufolge zogen in »der Wildnis des Charterhouse«, wo das Liebespaar zusammenkam, »die blonde junge Dame und der junge Herr sich immer in die Laube zurück, und die kleine junge Dame spazierte allein auf und ab«. Und als Mary eines Julimorgens im ersten Dämmerlicht aus dem väterlichen Haus entwich, um sich an der Ecke von Hatton Gardens mit Shelley zu treffen, ging Claire mit ihr. Den Postdampfer in Dover verpaßten sie und setzten daher nachts mit einem kleinen Segelschiff über, auf dem sie nach einer unruhigen Nacht im Morgengrauen erwachten, um die Sonne über Frankreich aufgehen zu sehen. Mrs. Godwin, die mit dem nächsten Dampfer gefolgt war, holte die kleine Reisegruppe in Calais ein, doch Claire – die so dickköpfig sein konnte, wie sie abenteuerlustig war – weigerte sich strikt, mit zurückzukommen; den ganzen Sommer lang begleitete sie das Liebespaar auf seiner unbequemen Reise und konnte keinen anderen Grund als den ihrer Französischkenntnisse dafür nennen. So durchquerten die beiden Damen, in schwarze Seide gekleidet und bei jeder neuen Aussicht verzückt ausrufend: »Ah, ist das schön, hier wollen wir leben!«, mit Shelley an ihrer Seite Frankreich zum größten Teil zu Fuß oder abwechselnd auf einem kleinen Esel reitend – bis der Esel so erschöpft war, daß sie ihn selbst tragen und dann für ein Maultier eintauschen mußten. Sie verfaßten phantastische Geschichten an den Ufern des Vierwaldstätter Sees; sie ergingen sich in Schwärmereien über die Schlösser am Rhein. Als Claire schließlich nach England zurückkam, erzählte sie ihrer Mutter, sie finde Mr. Shelley »ganz und gar vollkommen«, und beim Neubeginn ihres Lebens zu Hause war sie von allen Theorien des Dichters über die freie Liebe durchdrungen – Theorien, die sie nun in die Praxis umzusetzen hoffte.

Eine Weile ging die *ménage à trois* auch in England weiter. Shelley und Claire lasen zusammen *Pastor Fido* und *Orlando Furioso*; sie machten lange Spaziergänge über Hampstead Heath (Mary, die zu Hause blieb, erwartete ein Kind); sie blieben bis spät in die Nacht auf, »spürten«, wie Shelley sagt, »die Stille der Nacht in unseren Ohren klingen« und redeten über das Übersinnliche, bis Claire vor Angst hysterische Zukkungen bekam und von Marys »allmächtiger Güte« getröstet werden mußte. Mit der Zeit ließ Marys Güte jedoch allmählich nach, denn Claire war eine anstrengende Dritte in dem kleinen Haushalt. Sie wanderte im Schlaf umher und stöhnte; Shelley hörte sich das zwei Stunden lang an und brachte sie dann zu Mary, damit die sie beruhigte. In seinem Tagebuch begann er, Claires »Gefühllosigkeit und Unfähigkeit zu der geringsten Freundschaftlichkeit« zu vermerken; sie sei »... innerlich ungefestigt; charakterlich unentwickelt«. Er beschloß, nicht mehr »schwächlich banalen Neigungen nachzugeben« und sich »mit einer großen Gemütsregung – einer großen und starken Hoffnung« zu begnügen. »Mögen deine Güte«, fuhr er fort, »dein Gerechtigkeitsempfinden und, da es ja Menschen sind, dein Zartgefühl der gesamten Menschheit gelten; doch laß, so dir an vielen friedlichen Stunden gelegen ist, niemals mehr als einen Menschen an den geheiligten Ring heran.« Die friedlichen Stunden wurden seltener; Claires Tagebuch hielt fest, daß Mary »Dinge sagt, die ich als Unfreundlichkeit auslege«; Marys Tagebuch schilderte Claire als »trübsinnig und Shelley gegenüber sehr mürrisch«. Im Frühjahr notierte Mary: »Shelley und ich gehen nach oben und reden über Claires Auszug; die Aussicht darauf erscheint mir trüber denn je; nicht die geringste Hoffnung.« Und dann kam schließlich ein dankbarer Aufschrei: »Claire geht! ... Ich bin wie neugeboren und beginne ein neues Tagebuch.«

Claire war nach Lynmouth gezogen, in »ein kleines Cottage, wo sich Jasmin und Geißblatt über dem Fenster ranken«. »Nach so viel Verdruß«, schrieb sie an ihre Schwester Fanny, »solch heftigen Auftritten, einem solchen Tumult von Leidenschaft und Haß wirst Du kaum glauben, wie entzückt ich von diesem allerliebsten, ruhigen Fleckchen hier bin!« Hier gedachte sie, »eine heitere und ungestörte Erholung und tiefe und friedliche Gedanken« zu genießen. Doch bald schon – sie war auch jetzt erst siebzehn – waren ihre Gedanken nicht mehr ganz so friedlich; wie bei vielen anderen jungen Damen jener Zeit richteten sie sich auf die einzige Gestalt, die in der Phantasie Shelleys Platz einnehmen konnte: Lord Byron. Gewiß war Claire nicht die einzige, die seiner glanzvollen Reputation und seiner legendären diabolischen Schönheit, seinem Esprit und Charme erlag; doch ihr weiteres Verhalten ist einzigartig. Sie zeigte sich nicht nur als romantische dumme Gans, sondern als eine junge Frau von außerordentlicher Tatkraft, Willensstärke und Leidenschaft. »Zu lieben ohne Grenzen und Schranken«, »alle Schwierigkeiten leicht, alle Opfer billig, alle Hindernisse luftig«* zu finden, das war in ihrem Denken eine Tugend an sich. »Es gibt Fälle«, schrieb sie – denn der jugendliche Shelley weckte bei seiner Verehrerschaft eine Neigung zu Sentenzen –, »wo die Tugend sich herablassen mag, das Gewand der Torheit anzulegen; das scharfe Auge des Genies wird die Verkleidung jedoch stets durchschauen.«

Ihr erster Brief an Byron, zu Beginn des Frühjahrs 1816 geschrieben, setzte diese Leitsätze in die Tat um. »Eine völlig Fremde nimmt sich die Freiheit, sich an Sie zu wenden... Sollte Empörung in Ihnen aufkommen, sollten Sie sich versucht fühlen, nicht weiterzulesen oder mit leichter Hand ins Feuer zu werfen, was von mir mit soviel angstvoller Unruhe verfaßt, halten Sie inne; meine Torheit mag groß sein, doch sollte der Schöpfer sein Geschöpf nicht vernichten. Wenn Sie sich herablassen, die folgende Frage zu beantworten, so werden Sie wenigstens durch meine Dankbarkeit belohnt. Wenn eine Frau, deren Ruf bislang unbefleckt blieb, wenn diese weder einem Vormund noch einem Gatten untersteht und sich Ihrer Gnade anvertraut, wenn sie klopfenden Herzens die Liebe gesteht, die sie seit vielen Jahren für Sie hegt, wenn sie Ihnen Heimlichkeit und Sicherheit zusagt, wenn sie Ihre Güte mit zärtlicher Zuneigung und schrankenloser Ergebenheit erwidert, könnten Sie sie da verraten, oder würden Sie schweigen wie ein Grab?« (Dieser Brief war mit E. Trefusis unterzeichnet.)**

* So sagt es Stella in Peacocks *Nightmare Abbey*. Stella wurde allgemein als Claires Abbild aufgefaßt.

** Dieser Brief wurde wie die folgenden aus derselben Serie teilweise in Prothero, *Letters and Journals*, vol. III, Appendix VII veröffentlicht, viel umfassender jedoch in Quennell, *To Lord Byron*, S. 266–310, wo vorher unveröffentlichte Briefe und Passagen aus dem Besitz von Sir John Murray abgedruckt sind.

Leider überschätzte Claire, wie so viele unerfahrene junge Frauen, die Gabe ihrer ungeteilten Zuneigung. Lord Byron war zu verwöhnt, um Wert auf anonyme Eroberungen zu legen, und so konventionell, daß er sich lieber selbst in der Rolle des Eroberers sah. Er warf Claires Brief nicht »mit leichter Hand ins Feuer«, doch er beantwortete ihn auch nicht. Claire aber gab sich nach einem einzigen Mißerfolg noch nicht geschlagen. Acht weitere Briefe folgten. »Lord Byron wird um Mitteilung gebeten, ob es ihm heute abend, sieben Uhr angenehm sei, eine Dame zu empfangen... Sie wünscht, allein und mit äußerster Diskretion vorgelassen zu werden.« Dann kam ein Brief, der mit Claires richtigem Namen unterzeichnet war. »Zweimal habe ich bei Ihnen vorgesprochen; doch Ihre Dienstboten erklärten, Sie seien nicht in der Stadt... Darf ich Sie daher bitten, von Ihren Freunden am Theater eine Aufstellung zu besorgen, welcher Unterweisungen es bedarf, wenn man diese Laufbahn einzuschlagen beabsichtigt?... Mein Stil ist barsch«, fuhr sie nicht ganz zu unrecht fort, »und meine Gefühle sind unfreundlich. Doch...«, ließ sie ihn wissen, »nicht der perlende Pokal sollte Sie locken, sondern die stille und weite Schale.«

Die Unterschrift der Verfasserin machte Byron auf ihre Beziehung zu Shelley aufmerksam, und er sandte offenbar eine kurze Antwort, in der er anbot, sie am Theater einzuführen, und auf Shelleys Gedichte Bezug nahm. Doch nun verfolgte Claire eine neue Taktik. In ihrem nächsten Brief zitierte sie ein Gedicht von Dante in voller Länge und machte dann folgende Offenbarung: »Ich habe einen Roman oder eine Erzählung zur Hälfte abgeschlossen... Nun schwanke ich, ob ich mein Leben der Literatur widmen oder eine Theaterlaufbahn einschlagen soll«; dann übersandte sie ihm, dem »strengen Schweigen« seiner Lordschaft zum Trotz, ihr Manuskript. »Ich dachte, wenn Sie es sehen, wie es ist, mit Unterbrechungen und in Bruchstücken geschrieben, können Sie es besser beurteilen. Ein Juwelier bevorzugt bekanntlich den ungeschliffenen Stein.« Erstaunlicherweise hat Byron erneut geantwortet und einem Treffen zugestimmt. »Sie wünschen, daß ich mich kurz fasse«, begann ihr nächster Brief. »Sie wünschten ferner, ich solle glauben, ich hege aus einer bloßen

Laune heraus eine Neigung zu Ihnen. Eine bloße Laune kann es nicht sein, waren Sie doch das vergangene Jahr hindurch der Gegenstand, dem mein Sinnen und Trachten jeden einzelnen Augenblick galt. Ich erwarte nicht, daß Sie mich lieben; ich bin Ihrer Liebe nicht wert. Ich spüre, daß Sie weit über mir stehen, doch zu meinem großen Erstaunen und noch größeren Glück verrieten Sie leidenschaftliche Gefühle, von denen ich nicht glaubte, daß sie noch in Ihrem Busen leben. Soll auch ich wehmütig den Mangel an Glück erfahren müssen? Soll ich es zurückweisen, wenn es geboten wird? Ich mag Ihnen unbedacht, verderbt erscheinen; meine Ansichten verabscheuenswert, meine Ideen verworfen; doch eines wenigstens wird Ihnen die Zeit erweisen: daß ich zärtlich und von Herzen liebe, daß ich zu nichts fähig bin, was Rachsucht oder Bosheit nahekommt; ich versichere Ihnen, Ihre Zukunft wird die meine sein, und was Sie auch tun und sagen, ich werde es nicht in Zweifel ziehen.« Arme Claire! Für uns sind diese Liebesschwüre von einer seltsam tragischen Ironie umgeben. Noch aber waren ihre Selbstsicherheit und ihre Liebe unbeschränkt – und ihre praktischen Arrangements höchst effizient. »Haben Sie dann Einwände gegen den folgenden Plan? Am Donnerstag abend können wir zusammen mit der Schnellpost oder der gewöhnlichen Postkutsche zehn oder zwölf Meilen aus der Stadt herausfahren. Dort sind wir frei und unbekannt; wir können früh am nächsten Morgen zurückkehren. Ich habe hier alles so in die Wege geleitet, daß nicht der leiseste Verdacht erregt wird.« Und in einem weiteren Brief fügte sie hinzu: »Ich habe mein Schicksal selbst entschieden. Schieben Sie unsere Zusammenkunft nicht über Samstag hinaus – ich kann die Spannung nicht ertragen... Am Samstag mögen Ihnen wenige Augenblicke mehr sagen, als Sie bereits wissen. Bis dahin gebe ich mich damit zufrieden, daß Sie mich für verderbt und verworfen halten.«

Das Zusammensein fand so statt, wie es arrangiert war – und bald darauf kam es zu einer Begegnung mit Mary, die unverzüglich Byrons Charme erlag. »Ständig ruft sie aus: ›Wie sanft er ist! Wie liebenswürdig! Wie so anders, als ich erwartet hatte!‹« Darüber hinaus heißt es in einem Brief von Claire an Byron: »Sie bestürmt mich insgeheim, Deine

Adresse im Ausland zu beschaffen, damit wir, so möglich, noch einmal die Freude haben, Dich zu sehen.« Denn obwohl Byrons Abreise nach Italien am Ende des Monats feststand, war Claire sich sicher, daß er nie gänzlich aus ihrem Leben verschwinden würde. »Tu, was Du willst, und gehe, wohin Du willst, weigere Dich, mich zu sehen, und benimm Dich unfreundlich, ich werde Dich nie vergessen. Stets werde ich Deine liebenswürdige Art und die wilde Ursprünglichkeit Deiner Züge in Erinnerung behalten.«

Am 25. April 1816 fuhr Lord Byron mit dem Schiff von England nach Ostende. Am 12. Januar 1817 wurde Allegra geboren.

»Gehe, wohin Du willst, weigere Dich, mich zu sehen ...« So hatte Claire geschrieben – doch als sie beim Wort genommen wurde, fand sie die Trennung unerträglich. Shelley und Mary, bedrückt und ungehalten über die Entdeckung, daß man sie – »eine junge Familie, unschuldig, gutgesinnt und festgeeint« – für »Dirnen und Verführer hält«, hatten beschlossen, den Staub der britischen Wohlanständigkeit von den Füßen zu schütteln und fortan im Ausland zu leben; und Claire fand nichts dabei, sich der Reisegruppe anzuschließen. »In Genf sehen wir uns wieder«, hatte sie Byron bei seiner Abreise geschrieben, »das sind mir die schönsten und teuersten Worte«, und aus Paris schrieb sie ihm, sie sei in fünf bis sechs Tagen dort. Doch geht aus demselben Brief klar hervor, daß sie zumindest ab und zu erkannte, wie wenig ihm an ihr lag. »Ich weiß nicht, wie ich Dich ansprechen soll ... einen Freund kann ich Dich nicht nennen, denn obgleich ich liebe, empfindest Du nicht einmal Interesse an mir ... Vor ein paar Tagen bin ich achtzehn geworden; mit achtzehn liebt der Mensch stets aufrichtig und zärtlich, und ich, die ich von Godwin erzogen wurde, hege, wie irrig meine Weltanschauung auch sein mag, die höchste Bewunderung für die Wahrheit.«

Am 13. Mai trafen sie alle zusammen in Genf ein, und bald waren die beiden Haushalte unzertrennlich – Byron fand sich mit Claire ab, um sich an Shelleys Gesellschaft erfreuen zu können. Als die Shelleys nach ein paar Wochen in ein Häuschen am Südufer des Sees zogen, folgte Byron ihnen in die nahegelegene Villa Diodati, und so manchen Morgen konnten die Frühaufsteher im Dorf die zarte Gestalt der *demoiselle anglaise* durch den kleinen Weinberg laufen sehen, der die Villa von dem Häuschen der Shelleys trennte. Allerdings hat Hobhouse diesen Gerüchten in einem Brief an Augusta Leigh entrüstet widersprochen. Während *seines* Aufenthalts in der Villa Diodati, so schrieb er, habe er keinen Bewohner des Häuschens angetroffen außer »einem gutmütigen, seltsamen Wesen, dem Sohn von Sir Timothy Shelley«. Die Klatschmäuler, die Byrons Haus vom anderen Seeufer aus mit dem Fernrohr beobachteten, »haben zum Trocknen aufgehängte Tischtücher für Unterröcke auf seiner Lordschaft Balkon gehalten«.

Doch als Hobhouse abgereist war, trafen sich die beiden Liebespaare wie zuvor. Es waren höchst angenehme Tage ohne größere Ereignisse. Abends wurde auf dem See gerudert, und Shelley »lag im Boot und schaute in den Himmel«, während Byron ein »Tiroler Freiheitslied« anstimmte.

> Vom Ufer kommt ein lebendiger Hauch
> Von Blumen noch kindheitsfrisch; aufs Ohr
> Tropft das leichte Tröpfeln des erhobenen Ruders;
> Oder zirpt die Grille noch ein Gutenachtlied mehr.

Sie segelten rund um den See, entzündeten ein Freudenfeuer zu Shelleys Geburtstag, legten einen Lorbeerkranz auf Rousseaus Grabstätte nieder, lauschten den Gesängen der Bauern in den Weinbergen und saßen abends lange in der Villa Diodati und erzählten sich Gespenstergeschichten, lasen sich etwas vor oder hörten zu, wie Byron »Christabel« vortrug.

Wahrlich ein idyllisches Dasein – doch Byron wurde das bald etwas langweilig. Shelleys unentwegte Schöngeisterei war beinahe so ermüdend wie Claires Zärtlichkeiten – und derer war er bedauerlicherweise schon lange überdrüssig. »Ich liebte sie nicht«, schrieb er an Augusta, »und habe auch gar keine Liebe für irgendeinen Menschen übrig, doch konnte ich wohl kaum den Stoiker spielen gegenüber einer Frau, die sich achthundert Meilen weit durchgeschlagen hat, um mich aus dem Philosophieren zu reißen.« Daß Claire etwas langweilig war, ist nicht zu bezweifeln. »Weißt Du, daß ich nicht mit Dir reden kann, wenn ich Dich sehe?« hatte sie ihrem Liebhaber einst erklärt. »Ich bin so unbeholfen und möchte mir nur einen kleinen Schemel nehmen und Dir zu Füßen sitzen. So empfinde ich immer bei Menschen, die ich liebe. Erblicke ich sie, bereitet nichts mir auch nur halb soviel Freude, als bei Ihnen niederzuknien und mit verhülltem Haupt über Sie nachzudenken.«

An einem solchen Verhalten konnte Byron kaum lange Gefallen finden. Außerdem bekam er nun eifersüchtige Briefe von Augusta, die ihn damit zur Verzweiflung trieb, daß sie ihm die in England umlaufenden Geschichten über sein und Shelleys ausschweifendes Genfer Leben vorhielt. »Was all diese Mätressen angeht«, antwortete er, »so wahr mir Gott helfe, ich hatte nur eine! Nun schilt mich nicht, aber was konnte ich tun? Ein armes, törichtes Mädchen wollte mir allem, was ich sagen oder tun konnte, zum Trotz nachlaufen oder vielmehr vorauslaufen – ich fand sie hier vor –, und ich hatte jede erdenkliche Mühe, sie zum Gehen zu bewegen, aber jetzt ist sie endlich fort.« Denn im September war Claire schließlich doch gegangen, sie war mit den Shelleys nach England zurückgekehrt – und Byron setzte seine Reise nach Süden Richtung Italien fort.

Offenbar hat Shelley Claires Liebhaber vor dem Abschied das Versprechen abgerungen, er werde sich letztendlich »des Kindes B., das sein Erscheinen ankündigt«, annehmen. Im November schrieb Shelley an Byron: »Die arme Claire sieht ihrer Niederkunft entgegen und ist zwar weiterhin so wohl, wie Frauen in ihrem Zustand gemeinhin sein können, aber ich glaube doch, daß ihre Heiterkeit zu schwinden beginnt.« Vier Monate später kam das Kind in Bath zur Welt. »Ich habe gute Neuigkeiten zu berichten. Claire hat ein wunderhübsches Mädchen zur Welt gebracht. Mutter und Kind sind wohlauf, und Mary bezeichnet letzteres als ein Wesen von vorzüglichstem Ebenmaß, das schon bei der Geburt eine höchst außergewöhnliche Energie und Feinfühligkeit verriet.« Doch Byron selbst ging erst vier Monate später auf das Ereignis ein, und zwar in einem Brief an Augusta.

»Ich würde mich freuen, von Dir und von Deinen und meinen Kindern zu hören. Im übrigen habe ich, wie es scheint, wieder eins dazubekommen, eine *Tochter* von der nämlichen Dame, die Du an dem wiedererkennen wirst, was ich in früheren Briefen über sie schrieb – ich meine *die*, die nach England zurückgekehrt ist, um eine Mama inkogn. zu werden, und ich flehe zu Gott, daß er sie dort läßt. Ich weiß nicht recht, was ich mit dieser neuen Schöpfung anfangen soll«, fügte er hinzu, »werde sie mir aber wahrscheinlich kommen lassen und in einem Kloster in Venedig unterbringen, auf daß sie eine gute Katholikin und (womöglich) eine *Nonne* werde, eine Rolle, die in unserer Familie seltsamerweise noch nicht besetzt ist.« Dennoch ist offenkundig, daß Byron von Shelleys Beschreibung der Schönheit des Babys angerührt war, und sei es nur aufgrund seiner Eigenliebe. »Man sagt mir, es sei sehr schön, mit blauen Augen und *dunklem* Haar; obwohl ich zu der Mutter nie Zuneigung hegte oder vortäuschte, ist es bei dem unaufhörlichen Kummer und der Entfremdung, die ich in bezug auf meine eheliche Tochter Ada voraussehe, wohl ganz gut, etwas zu haben, worauf sich Hoffnung setzen läßt. Irgend etwas muß ich im Alter lieben, und die Umstände machen mir dieses arme kleine Wesen womöglich zu einer großen und vielleicht zu meiner einzigen Stütze…«

Lord Byron »eine Stütze« zu sein: das also sollte Allegras Los sein – und seltsamerweise war das auch das Schicksal, das ihre Mutter für sie wünschte. Shelley hat Claire anscheinend von Anfang an gewarnt, daß sie ihre eigenen Ansprüche würde aufgeben müssen, wenn sie das Kind Byron überließe. Doch sie hatte sich hartnäckig in den Kopf gesetzt, daß ihr Baby eine Erziehung bekommen sollte, »wie sie dem Kind eines englischen Adligen gebührt«. In den ersten Monaten wuchs es jedoch gemeinsam mit Shelleys und Marys eigenen Kindern im Marlower Haus auf.

Shelley liebte kleine Kinder, egal ob es nun eigene oder die anderer Leute waren, und rechtfertigte diese Liebe vor sich selbst – wie seine anderen Neigungen – mit einer philosophischen Theorie. »Ob Ihr Kind uns wohl etwas über die Präexistenz erzählen kann, Madame?« fragte er auf der

Magdalen Bridge eine völlig fremde Frau, die einen wenige Wochen alten Säugling in den Armen hielt – und auf ihre natürliche Verwunderung hin seufzte er: »Wie unerträglich nah diese Neugeborenen ihr doch sind! Es mag wohl meinen, es könne nicht [sprechen], das ist aber nur eine alberne Marotte... Darum ist es nicht weniger sicher, daß alles Wissen Erinnerung ist.«

Alle Kinder waren Shelley willkommen, und in dem großen Haus mit Garten in Marlow fand zweifellos auch noch eins mehr Platz. Während also der Dichter auf der Themse segelte oder in Bisham Wood herumwanderte, mit »Augen wie ein Reh, strahlend und doch recht wild«, den Kopf mit einem Gewinde aus »Hexenzwirn« bekränzt, gewährte Mary – die erst kurz zuvor all ihre irdischen Wünsche in zwei Punkten zusammengefaßt hatte: »einen Garten und *absentia Claire*« – wieder einmal dieser jungen Frau mitsamt ihrem Baby Obdach. »Ich bin nunmehr von kleinen Kindern belagert«, schrieb sie. »Alba kratzt und kräht (die Shelleys hatten Claires Kind Alba genannt, »in Ermangelung jeden Rechts, ihm einen christlichen Namen zu verleihen«), William vergnügt sich damit, einen Schal um sich zu wickeln, und Miss Clara schaut in das Feuer.« Und Shelley schildert, wie »Klein-Alba und William, die unzertrennliche Freunde sind und sich damit vergnügen, in einer höchst unverständlichen Sprache miteinander zu sprechen, schrecklich verwirrt werden durch die ihnen noch fremde kleine Clara, die sie für sehr dumm halten, weil sie nicht mit ihnen auf dem Fußboden spielt«.

Zwar ähnelt all dies den üblichen Bildern vom Leben und Treiben in der Kinderstube, doch schlummerten unter der friedlichen Oberfläche peinliche Verwicklungen und Ängste. »Klein-Alba«, schrieb Shelley an Byron, »gilt hier als das Kind eines Freundes aus London, das man aus gesundheitlichen Gründen aufs Land geschickt hat, während Claire wieder in ihre Mädchenrolle geschlüpft ist.« Den Nachbarn, die bereits nach Unregelmäßigkeiten in diesem seltsamen atheistischen Haushalt Ausschau hielten, erschien diese Geschichte jedoch wenig überzeugend, und bald erfuhren Shelley und Mary, die erst vor wenigen Wochen geheiratet und Marys Vater Godwin zuliebe Wohlanständigkeit gelobt hatten, zu ihrem Leidwesen, daß alle das Kind für Shelleys eigenes hielten. »Welche Pläne haben Sie«, wollte Shelley von Byron wissen, »in bezug auf das kleine Mädchen? Ich brauche Ihnen nicht zu versichern, welche Freude es für mich und Mary wäre, ihm während Ihrer Abwesenheit, oder überhaupt immer, wenn es Ihnen gelegen kommt, all unsere Fürsorge angedeihen zu lassen. Wir finden es aber unerläßlich, daß Claire bei uns wohnt; und so droht ständig die Gefahr der Entdeckung, daß es ihr Kind ist.« Einige Monate später schlug Shelley vor, das Kind in die Obhut »zweier sehr achtbarer junger Damen« in Marlow zu geben, wo Claire seine Erziehung überwachen könnte. Byron antwortete offenbar, man könne es ihm nach Italien schicken.* »Allerdings«, schrieb Mary an ihren Mann in London, »sehe ich nicht, wie sie dort hinkommen soll, es sei denn, wir bringen sie hin.« Sie hatte kein Vertrauen zu Byrons Versprechungen und hatte auch erkannt, daß Claire zwar unbewußt spürte, daß die gegenwärtige Lage unhaltbar war, aber jedem Plan, der auf eine Trennung von ihrem Kind hinausliefe, unweigerlich Hindernisse in den Weg stellen würde.

Mittlerweile hatten Shelley wie auch Mary augenscheinlich eine tiefe Zuneigung zu dem Kind gefaßt. »Sie ist sehr hübsch«, schrieb Shelley an ihren Vater, als sie eben über drei Monate alt war. »Ihre Augen sind die intelligentesten, die ich bei einem so kleinen Kind je gesehen habe. Sie hat schwarze Haare**, tiefblaue Augen und einen vortrefflich geschwungenen Mund.« Und acht Monate später: »Klein-Alba … ist ungemein hübsch geworden, ihre Wesensart hat viel von ihrer *vivacité* verloren und ist nun zärtlich und sanft. Sie ist die Spielgefährtin von William, der sie so gern hat, daß er wie so viele andere zutiefst traurig sein wird, wenn sie fortgeht. Sie sitzen miteinander auf dem Fußboden und vergnügen sich

* »Shelley (aus Marlow) hat mir von meiner Tochter berichtet (der letzten, dem Bastard)«, schrieb er an Kinnaird, »die anscheinend eine große Schönheit ist … Ich werde sie anerkennen und selbst aufziehen und ihr den Namen Biron geben (um sie von der kleinen Ehelichen zu unterscheiden).«

** Im Laufe der nächsten Monate wurden ihre Haare blond und blieben es.

stundenlang auf das Freundschaftlichste; mehr als die Hälfte der Rosinen etc., die man ihm schenkt, steckt Klein-William ihr in den Mund.«

Und auch Claire fügte eine Beschreibung an, die ihrer Ansicht nach bei Byron durchaus Interesse wecken mußte – »Schöne Augen von einem tiefen Tageslichtblau, rosige vorspringende Lippen und ein kleines eckiges Kinn, das in der Mitte gekerbt ist wie Deins... Sie kann weder sprechen noch laufen, doch wenn ihr etwas mißfällt, ruft sie nach ›Papa‹! Die Heftigkeit ihres Wesens ist erschreckend, doch ist sie wiederum so eng mit Zärtlichkeit und Lebhaftigkeit verquickt, daß ich kaum weiß, ob ich lachen oder weinen soll.«

Es war jedoch klar, daß der gegenwärtige Zustand nicht viel länger andauern konnte – und viele Schwierigkeiten, darunter Shelleys zunehmendes Kränkeln, deuteten darauf hin, daß man Marlow am besten noch vor dem Winter verlassen und nach Italien ziehen sollte. »Nun, Liebste, will ich Dir etwas sagen«, schrieb Shelley an Mary, »ich meine, wir sollten nach Italien gehen. Ich meine, dort würde sich meine Gesundheit wiederherstellen lassen... Ich meine, Alba sollte bei ihrem Vater sein. Dies ist möglicherweise für das Glück einer Reihe von Menschen von ungeheurer Wichtigkeit.«

Gewiß wurden diese Pläne in gutem Glauben gemacht, doch waren sie eine Folge von Godwins Erziehung sowie Shelleys Weltfremdheit und Unfähigkeit, bei einem Mann, den er als Freund ansah, Böses zu vermuten. Weder er noch die Tochter William Godwins konnten wahrhaft glauben, daß ein allzu hoher Preis zu zahlen wäre, falls sich bei Byron tatsächlich Interesse an seinem Kind wecken ließe. »Unsere Erziehung hatte«, wie sich Claire selbst im Alter erinnerte, »uns gänzlich unfähig zum Umgang mit einem bösartigen Charakter gemacht... Nichts hätte vornehmer und von Liebe erfüllter sein können als die uns eingeprägten Leitsätze, nur gingen sie völlig in die Irre.«

In der Tat ist die Phantasievorstellung, die Claire am ersten Geburtstag des Kindes für Byron entwarf, der beste Beweis dafür, wie wenig sie den Charakter ihres Liebhabers verstand. »Mein lieber Freund, wie ich Dich beneide! Du wirst in ihr einen kleinen Schatz haben, der an Dein Knie gekrabbelt kommt und Dich so lange zupft, bist Du sie hochnimmst; dann sitzt sie bei Dir im Arm, und Du gibst ihr eine Rosine von Deinem Teller, einen winzigen Tropfen Wein aus Deinem Glas, und sie wird sich für eine kleine Königin der Schöpfung halten. Doch gibt es noch eine Freude, die über allen anderen steht; wenn Du magst, kannst Du Dich an dem Gedanken erfreuen, daß da ein Wesen unter Deinen Händen heranwächst, Du kannst sie anschauen und denken: ›Dies ist mein Werk!‹«

Zunächst einmal stellten sich finanzielle Schwierigkeiten ein, und noch mehrere Monate lang – in denen Shelley wieder an Byron schrieb und ihn um Hilfe bat – wurde nichts entschieden. Byrons Vorschlag war, das ein Jahr alte Baby in der Obhut eines »Sekretärs« nach Italien zu schicken. »Ein Sekretär kann die Papiere überbringen«, schrieb er an Hobhouse, »(und mein Kind von Claire übrigens gleich mit dazu; bitten Sie Shelley inständig, es sorgfältig zu verpacken) mit Zahnpulver, nur rotes, Magnesium, Soda, Zahnbürste, Bleipflaster und was an neuen Romanen etwas taugt.« Statt dessen beschlossen die Shelleys jedoch, sie selbst hinzubringen, und als Vorbereitung auf die Reise wurde das Kind am 9. März gemeinsam mit ihren beiden eigenen Kindern in der Kirche St. Giles in the Fields getauft. Dem Wunsch ihres Vaters entsprechend wurde Claires Baby Allegra genannt, da dies, der Contessa Guiccioli zufolge, der Name einer *»dame Suisse spirituelle«* war, mit der Byron eine platonische Freundschaft unterhielt.

Ein paar Tage später brach die ganze Gesellschaft auf. Für die arme kleine Allegra war das einzige Jahr einer behüteten Kindheit vorüber.

Doch unternahm sie ihre erste Reise immerhin mit all den Menschen zusammen, die ihre kleine Welt ausmachten – statt mit dem fremden Sekretär, dem Zahnpulver und Magnesium geschickt zu werden –, und kam »bei vorzüglicher Gesundheit und Laune, mit Augen, so blau wie der Himmel über unserem Kopf«, in Mailand an. In der Hoffnung, den Abschied leichter zu machen, versuchte Shelley Byron zu überreden, zunächst in einer Villa am Comer See bei ihnen zu wohnen, damit Allegra sich an ihren Vater und Claire sich an den Gedanken der Trennung gewöhnen könnte. Er berichtete Byron, die Villa Pliniana, die sie zu mieten gedachten, liege »inmitten einer Landschaft von verblüffender Erhabenheit, mit dem See zu unseren Füßen«, und versprach ihm, ihre Lebensweise würde »gleichförmig sein und so, wie Sie es von Genf her kennen«. Doch nichts lag Byron ferner, als am Comer See die Lebensweise wiederaufzunehmen, die er am Genfer See so öde gefunden hatte. Einen Monat lang antwortete er überhaupt nicht, und als seine Antwort endlich eintraf, war sie schmerzhaft eindeutig; falls Claire wollte, daß er sich des Kindes annahm, müsse sie jede Erwartung aufgeben, das Kind oder ihn je wiederzusehen. »Brief von Albé«, notierte Claire in ihrem Tagebuch, »nichts als Ungemach.«

Schon vor der Abreise aus England hatte es Augenblicke gegeben, in denen sie – dem glänzenden Bild von Allegras Zukunft zum Trotz, an das sie glauben wollte – Befürchtungen hatte wie jede andere Mutter auch, bezeichnenderweise allerdings genau in die Worte gekleidet, die ihren Liebhaber am sichersten erzürnen mußten. »Ich fürchte so sehr, daß sie unglücklich sein wird, der arme kleine Engel! In Deinem großen Haus, womöglich Dienstboten überlassen, während Du Sinn und Verstand im Wein ertränkst und Dich nach Kräften bemühst, Deine von Natur aus gute Veranlagung zugrunde zu richten, wer soll da auf sie aufpassen? Sie ist eigentümlich zart, auch hat sie es häufig mit der Verdauung. Ein Augenblick kann sie mir rauben – mein ein und alles.«

Als der Tag des Abschieds nahte, war ihr Kummer so groß, daß auch Shelley sich veranlaßt sah, bei Byron brieflich Einspruch zu erheben. »Sie schreiben, als solle vom Augenblicke der Abreise an jeder weitere Verkehr zwischen Claire und dem Kind eingestellt werden. Ich kann nicht glauben, daß Sie das erwarten oder auch nur wünschen sollten. Betrachten wir doch unsere eigenen Empfindungen; wenn die eines Vaters stark sind, wie müssen die einer Mutter sein? Was würden wir von einer Frau halten, die ohne jede Aussicht, es je wiederzusehen, auf ihr kleines Kind verzichtet, selbst zugunsten eines Vaters, dessen zärtlicher Liebe sie voll und ganz vertraut? ... Ich kenne die Argumente, die Sie zu diesem Thema im Sinn haben; doch gelten Rang und Ruf und

Vernunft gewiß nichts gegen die Ansprüche einer Mutter. Sollte bekannt werden, daß Sie diese zu verletzen suchten, würden Sie in den Augen der Öffentlichkeit eine so große Schuld auf sich laden, daß selbst Ihre Freunde nichts dagegen ausrichten könnten... Es ist nicht so, daß ich mich zu Claires Fürsprecher machen will; mein *Interesse* liegt, wie Sie wissen müßten, voll und ganz auf der anderen Seite.« (Beiläufig sollte erwähnt werden, daß Shelley für das ganze Jahr, in dem er Allegra wie auch ihre Mutter unterhalten hatte, von Byron nicht einen Penny annehmen wollte.) »Auch habe ich sie in keiner Weise beeinflußt. Ich hielt es für meine Pflicht, sie in einer Angelegenheit, in der sie nur dann einen Anspruch erheben kann, wenn sie Gefühle hat, ihren eigenen Gefühlsregungen zu überlassen. Doch wahrhaftig, will man sie dahin bringen, sich von ihrem Kind zu trennen, so bedarf sie der Beruhigung und zärtlichen Aufmerksamkeit. Eine Bindung, an der das Herz so sehr hängt, darf nicht so roh zerrissen werden. Aus dieser Überzeugung heraus hoffte ich (ich hatte auch tausend andere Gründe, Sie sehen zu wollen), Sie hätten unsere Einladung in die Villa Pliniana angenommen. Dann hätte die Aussicht, das Kind noch mit Ihnen zusammen zu sehen, Claires Schmerz gelindert, und die Ängste, die Ihr Brief eben bestätigt, hätten sich bei dem Gedanken an eine Wiederholung des Besuchs gelegt. Ihr Verhalten muß gegenwärtig den Anschein großer Grausamkeit erwecken, wie immer Sie es vor sich selbst rechtfertigen.«

Das ist ein vernünftiger, menschlicher und offensichtlich aufrichtiger Brief; doch er bewirkte nichts. »Shelley ist mit dem Bastard und seiner Mutter nach Mailand gekommen«, schrieb Byron an Hobhouse, »will aber das Kind nicht herschicken, wenn ich nicht die Mutter aufsuche. Ich habe einen Boten nach dem Kind geschickt, kann aber meine Wohnung nicht verlassen und habe ›einen Eid geschworen‹.« Ein weiteres tränenverschmiertes Schreiben von Claire war ebenso wirkungslos. »Schreib mir nur ein Wort des Trostes. Sag mir, daß Du Shelley im Sommer besuchen kommst, oder daß ich irgendwo in ihrer Nähe sein darf... Ich möchte Dich nicht mit meiner Anwesenheit reizen, wenn ich nur mein Kind sehen darf. Doch, mein lieber Freund, warum sollte meine Anwesenheit Dich reizen? Warum sollten der Vater und die Mutter eines Kindes, das sie beide so zärtlich lieb haben, sich nicht als Freunde begegnen?... Du mußt wissen, daß alle Macht in Deinen Händen liegt. Ich flehe Dich an, schone mich.«

Dennoch blieb Byron unnachgiebig, und nun warnte Shelley Claire mit Nachdruck, daß sie ihr Kind vielleicht für immer verlieren könnte, da sich der Vater wohl kaum ändern werde. »Das«, schrieb er später, »war mein erstes Sibyllinisches Buch.« Doch Claire wollte, von ihren Hoffnungen auf eine glänzende Zukunft für Allegra geblendet, noch immer nicht hören. Konfrontiert mit Byrons Halsstarrigkeit und Claires Torheit taten die Shelleys, was sie konnten. Sie schickten das Schweizer Kindermädchen Elise, die sich bis dahin um alle drei Kinder gekümmert hatte, mit Allegra und nahmen Claire mit nach Pisa, »um sie von ihrem Trübsinn abzulenken«. »Sie werden Ihre kleine Allegra recht wohlauf finden«, schrieb Shelley an Byron in einem Brief, der seine eigene Liebe zu dem Baby erkennen läßt. »Ich glaube, sie ist das lieblichste und reizendste Kind, das ich je erblickt habe...«

Im letzten Moment warnte Shelley Claire anscheinend noch einmal. Doch sie vertraute weiterhin auf Byrons Versprechungen. »Ehe wir uns in Genf trennten«, schrieb sie später in einem Notizbuch, »sprach er [Byron] mit mir über unsere Situation; er schlug vor, das Kind nach seiner Geburt bei Mrs. Leigh in Pflege zu geben. Dagegen erhob ich Einwände mit der Begründung, daß ein Kind immer der elterlichen Fürsorge bedarf, zumindest bis es sieben Jahre alt ist; eher würde ich das Kind bei mir behalten, obwohl aus der Sicht des Kindes natürlich einiges dagegen spreche. Er gab nach und sagte, es sei das beste, wenn es bei ihm lebte; er versprach, versprach fest, es vor dem siebten Lebensjahr nie und nimmer fremden Leuten zu überantworten; ich sollte als Tante des Kindes gelten, und als solche könnte ich es besuchen und im Auge behalten, ohne daß irgend jemandes Reputation Schaden nehme. Im Glauben an diese Versprechungen schickte ich ihm im Frühjahr 1818 meinen kleinen Liebling. Ihr galt meine ganze Liebe, sie war das einzige auf der Welt, das ich mein Eigenstes nennen konnte, und ich hatte mich von Geburt an nie von ihr getrennt, nicht einmal für eine Stunde... Ich will nicht sagen, was diese Trennung mich kostete, trotzdem war es meine Überzeugung, ich könne sie nicht einer glänzenden Position im Leben berauben, um den Regungen meines Gemüts nachzugeben.«

An Byron selbst schrieb sie einen letzten unglücklichen Brief. »Ich habe Dir das Kind geschickt, weil ich es zu lieb hatte, um es bei mir zu behalten. Bei Dir, der Du mächtig und von Adel bist und von aller Welt bewundert, wird sie glücklich sein, ich aber fühle mich armselig und mißachtet und bin von anderen abhängig. Mein Liebster und Teuerster, ich flehe Dich an, bedenke, wie elend und allein ich mich fühle, nun, da sie fort ist, und schreib mir, daß sie wohlauf ist, das allerliebste Vögelchen!«

Und so wurde Allegra im Alter von fünfzehn Monaten zum Papa nach Venedig geschickt.

Der Papa

Mit fünfzehn Monaten ist ein Kind alt genug, sich verlassen zu fühlen und darunter zu leiden, aber nicht alt genug, den Grund dafür zu verstehen. Allegra muß es so empfunden haben, als sei ihre Welt plötzlich leer geworden; keine Mama, keine Mary, die sie auf den Schoß nehmen, kein William, der ihr Rosinen hätte geben können. Aber eine vertraute Gestalt, Elise, war noch geblieben; und es gab viele seltsame neue Ansichten, auf denen die tiefen, intelligenten blauen Augen ruhen konnten. Hier gab es eine Wasserwelt, aus der Häuser hervorwuchsen; ein langes schwarzes Schiff; einen großen, schwergewichtigen Mann mit schwarzem Bart, einem ungeheuren Schnurrbart und einer Schärpe in den blauweißen Farben von Mocenigo. Er hob sie in das Schiff und sang dann beim Rudern; bald darauf wurde sie in eine große Halle getragen, in der es merkwürdig und beängstigend roch. An Elises Rockzipfel geklammert und verstört um sich blickend, sah sie Käfige voller Tiere: einen trübsinnigen Wolf, einen Fuchs, mehrere Hunde, und alle strichen in ihren Käfigen herum, schnappten nach den anderen, knurrten sich an; es gab auch Käfige mit Vögeln und ein paar schnatternde Affen. Dann trug sie jemand eine nicht endenwollende Treppe hinauf und setzte sie auf einen ganz, ganz kalten Marmorboden. Über ihr war eine Decke mit hübschen Bildern; aber so weit weg, daß die Bilder kaum zu erkennen waren. Dann hörte sie Stimmen, Frauenstimmen, die in einer Sprache schrien und zankten, die sie nicht verstand; wieder wurde sie hochgehoben und in einen Raum getragen, in dem sich ein fremder Herr befand, dick und parfümiert, mit einer leisen, schmeichelnden Stimme, der sie am Kinn faßte und anschaute. »Das ist Papa.«

»Mein Bastard«, schrieb Papa, »ist vor einem Monat eingetroffen – ein ganz prachtvolles Kind, das in den Gärten und auf der Piazza viel bewundert und von den Venezianern – von der Governatrice abwärts – ausgiebig liebkost wird.« »Sie ist sehr hübsch«, berichtete er Augusta, »erstaunlich intelligent und jedermanns Liebling; aber das Erstaunlichste ist, daß sie eher Lady Byron als ihrer Mutter gleicht – und zwar so sehr, daß es den gelehrten Fletcher [Byrons Kammerdiener] verblüfft und mich verwundert. Ist das nicht merkwürdig? Ich nehme an, sie muß auch ihrer Schwester Ada ähnlich sehen. Sie hat sehr blaue Augen und diese ganz eigentümliche Stirn, blondgelocktes Haar und ein unbändiges Temperament – aber das stammt vom Papa!«

Allegra muß bald entdeckt haben, daß es im Palazzo Mocenigo Menschen gab, die beinahe so seltsam und ungeheuerlich waren wie der Wolf und die Affen in der unteren Etage. Die venezianische Bäckersfrau, die damals Byrons Mätresse war, *la Fornarina*, »groß und energiegeladen wie eine Pythonschlange«, mit »großen schwarzen Augen, einem Gesicht wie Faustina und der Figur einer Juno«, hatte sich im *palazzo* häuslich niedergelassen und duldete keine Rivalin. Die großen Räume hallten wider von den Stimmen zankender Frauen, von Schlägen und Schreien und Türenknallen, und dann kam die »triumphierende Tigerin« die Treppe heraufgesprungen, um das zurückschreckende Kind mit Liebkosungen zu überschütten. Eines Tages kam sie mit einem Paket voll neuer Prunkgewänder nach Hause, riß sich den so gut zu ihr passenden venezianischen Schal und Umhang vom Leibe, putzte sich mit einem Federhut und einem Kleid mit Schleppe heraus und stolzierte vor dem Spiegel auf und ab. Allegra trippelte fasziniert hinterdrein, doch bald erschien Papa, lachte spöttisch über die absurden neuen Kleider und warf sie ins Feuer; woraufhin es neue Ausbrüche, neue Tränen gab, und das Kind rannte zu Elise, um Schutz und Trost bei ihr zu finden.

Elise aber war sehr mürrisch. Unfähig, auch nur ein Wort Italienisch zu sprechen, auf schlechtem Fuß mit Byrons englischem Kammerdiener wie mit seinen italienischen Gondolieri, wurde sie zunehmend verdrießlicher. Sie schrieb lange Beschwerdebriefe an die Shelleys und vernachlässigte ihren kleinen Schützling so schmählich, daß sogar Byron erkannte, daß man in diesem Haushalt kein Kind großziehen konnte, und dankbar auf das Angebot des englischen Konsuls und seiner Frau einging, Allegra zu sich zu nehmen.

Die Hoppners waren gütig, so schien es jedenfalls, doch daß hinter ihrer Güte keine große Herzenswärme stand und ein kleines Kind damit wohl auch nicht glücklich werden konnte, geht eindeutig aus einem langen Brief hervor, den Hoppner nach Byrons Tod schrieb. »Sie war ganz und gar kein liebenswertes Kind«, schrieb er, »und Mrs. Hoppner und ich hatten sie auch nicht sonderlich ins Herz geschlossen. Wir hatten sie bei uns aufgenommen, da Lord Byrons Haus (er lebte damals mit einer anderen Frau zusammen) uns kein angemessener Ort zu sein schien für das kleine Kind und das Kindermädchen, ein junges Mädchen aus der Schweiz, das zudem keinerlei Erfahrung hatte im Umgang mit Kindern.« Allerdings hielt er die Shelleys über das Kind auf dem laufenden, und als Claire im Sommer die Trennung nicht mehr ertragen konnte, sah sie Allegra in diesem Hause wieder.

»Wie geht es meiner Allegra?« hatte sie Byron im Mai geschrieben. »Ist sie vergnügt? Und hat sie Dir schon Knüffe gegeben? Ich hoffe es aufrichtig, auf daß sie Dir all Deine Unfreundlichkeit mir gegenüber in sehr unschuldiger Münze heimzahle. Wenn ich an das kleine Geschöpf denke, muß ich immer unwillkürlich lächeln, sie ist so *drollig* und dabei so hübsch... Ich weiß, Du wirst mir erlauben, mein Kind wiederzusehen.«

Doch Byron antwortete nicht, und Elises unzusammenhängende, halb unleserliche Beschwerdebriefe waren so besorgniserregend, daß Claire sich vier Monate nach der Trennung von Allegra dazu entschloß, unter Shelleys Schutz nach Venedig zu reisen. Er hatte vor, sie nur bis Padua mitzunehmen, wo sie auf ihn warten sollte, während er nach Venedig weiterreisen und dann Bericht erstatten wollte. Doch die Betten in Padua, »voller Insekten, die mit italienischem Feingefühl nicht zu beschreiben sind«, bewogen sie im Verein mit »der Seltsamkeit und Einsamkeit des Ortes« zu einer Änderung ihrer Pläne, und so traten die beiden am späten Nachmittag mit einer Gondel die Reise nach Venedig an. Unterwegs wußte der Bootsmann, der zufällig einer von Byrons eigenen Gondolieri war, vielerlei Geschichten von dem *»giovanotto inglese stravagante«* zu erzählen, der vor kurzem nach zweien seiner Töchter aus England geschickt hatte. Sie überquerten die Lagune nach Einbruch der Dunkelheit in einem heftigen Sturm mit Regen und Gewitter und konnten erst am nächsten Morgen bei den Hoppners vorsprechen. »Die kleine Ba«, schrieb Shelley an Mary, war »so gewachsen, daß Du sie kaum wiedererkannt hättest; sie ist blaß und hat viel von ihrer Lebhaftigkeit verloren, aber sie ist so schön wie eh und je, wenn sie auch sanfter geworden ist.«

Der Vormittag verging mit Plaudereien über Byron. »Die Hoppners gingen auf alles ein, als liege es ihnen sehr am Herzen«, schrieb Shelley naiv. Sie hätten sogar einen Ausflug aufs Land verschoben, sagte er, um ihnen behilflich zu sein, und er fand Mrs. Hoppner »so gut, so schön, so engelhaft sanft, daß sie, besäße sie auch noch Klugheit, eine rechte Mary wäre«. Nach einigem Hin und Her wurde beschlossen, Claires Anwesenheit in Venedig geheimzuhalten, »da Mr. Hoppner sagt, daß er [Byron] oft zu erkennen gibt, wie sehr es ihn vor ihrer Ankunft graust«. Also suchte Shelley Byron am Nachmittag alleine auf.

And whilst I waited, with his child I played;
A lovelier toy sweet Nature never made,
A serious, subtle, wild yet gentle being,
Graceful without design and unforeseeing,
With eyes – Oh speak not of her eyes! – which
  seem
Twin mirrors of Italian Heaven...
...she yet seemed to know
On second sight her ancient playfellow,
Less changed than she was by six months or so;
For after her first shyness was worn out
We sat there, rolling billiard balls about,
When the Count entered.*

Byron war zwar freundlicher und umgänglicher aufgelegt als erwartet, doch hatte er Etliches gegen einen Besuch Allegras bei ihrer Mutter einzuwenden; vor allem fürchtete er, seine neuen venezianischen Freunde könnten den Eindruck gewinnen, er sei des Kindes überdrüssig geworden, »da er bereits im Geruch der Launenhaftigkeit stehe«. Dann verlangte er, während Claire – krank vor Sehnsucht – noch immer bei den Hoppners wartete, Shelley solle ihn in seiner Gondel zum Lido begleiten, und ritt dann lange mit ihm am Ufer entlang, wobei er einen Teil von »Childe Harold« vortrug und ihn mit »Geschichten über seine verletzten Gefühle« unterhielt. Doch zu guter Letzt schlug Byron einen freundschaftlichen Kompromiß vor. Er bot an, Shelley die Villa in den Euganeischen Hügeln oberhalb von Este zur Verfügung zu stellen, die er für den Sommer gemietet hatte und wo Claire Allegra zu sich nehmen konnte. Shelley beeilte sich, Mary von seiner Zusage zu unterrichten: »Ich sah mich gezwungen«, schrieb er, »all diese Dinge ohne Dich zu entscheiden. Ich habe nach bestem Ermessen gehandelt, und, meine innig geliebte Mary, Du mußt bald kommen und mich schelten, wenn ich falsch gehandelt habe, und mich küssen, wenn ich recht gehandelt habe, denn ich weiß ganz und gar nicht, ob es nun falsch oder richtig war, da das nur die Ereignisse selbst erweisen werden.«

Die Ereignisse waren leider ein einziges Verhängnis, denn auf der langen heißen Reise litt die kleine Clara, Marys jüngstes Kind, an der Ruhr, und bei der Ankunft in Este war sie schwer krank. Nachdem das Fieber zwei Wochen lang angehalten und sich der Doktor in Este als unfähig erwiesen hatte, beschlossen die Eltern, sie nach Venedig zu bringen und dort einen anderen Arzt zu konsultieren. Es war eine qualvolle

* »Und während ich wartete, spielte ich mit seinem Kind / Nie hat die liebliche Natur ein reizvolleres Spielzeug geschaffen / Ein ernsthaftes, feines, wildes und doch sanftes Geschöpf / Anmutig ohne Absicht und Berechnung / Mit Augen – Oh sprich mir nicht von ihren Augen! – / Wie Zwillingsspiegel des italienischen Himmels... / ... Auf den zweiten Blick schien sie / Ihren alten Spielgefährten noch zu kennen / Der nach rund sechs Monaten nicht so verändert war wie sie / Denn als die erste Scheu überwunden war / Saßen wir und ließen Billardkugeln rollen / Da kam der Graf herein.«

Percy Bysshe Shelley, Julian and Maddalo

Reise. In Fusina wollte der österreichische Zollbeamte sie aufhalten; auf der Gondelfahrt über die Lagune bekam das Kind Krämpfe; bei der Ankunft in Venedig war es bewußtlos. Eine Stunde später starb es in der Halle des Gasthofs in Marys Armen.

Die Shelleys kehrten nach Este zurück, wo Claire sie mit Allegra und dem kleinen William erwartete, und dort fanden sie einen kurzen Monat lang vorübergehenden Frieden. Byrons Villa »I Cappuccini« stand am Fuße der Euganeischen Hügel auf einem Hügelvorsprung oberhalb der kleinen Stadt Este; hier konnten die beiden Kinder – unsicher herumtorkelnd, wie das für ihr Alter typisch ist – unter der Pergola spielen, die zu der Laube hinten im Garten führte. Am Felsen gegenüber warf die große Schloßmauer das Echo von Allegras Lachen zurück, bis bei Sonnenuntergang – wenn die Kinder zu Bett gingen – kreischende Eulen und Fledermäuse aus den dunklen Spalten der Zinnen geflattert kamen. An diesen letzten stillen Sommertagen saß Shelley in der Laube und schrieb, wobei er hinuntersah auf

> ... the harvest-shining plain,
> Where the peasant heaps his grain
> In the garner of his foe,
> And the milk-white oxen slow
> With the purple vintage strain
> Heaped upon the creaking wain ...*

Und während die Kinder bei den reifenden Trauben spielten, saßen Claire und Mary im Garten und sahen ihnen zu, jede von ihrem eigenen Kummer geplagt: Claire peinigte das rasche Dahinschwinden der Tage, das ihr Allegra so bald wieder nehmen würde; Mary konnte die Sehnsucht nach ihrer kleinen Clara nicht vertreiben. Godwin hatte sie stets gelehrt,

* »... die ernteleuchtende Ebene / Wo der Bauer sein Getreide / Im Speicher seines Feindes häuft / Und die milchweißen Ochsen sich langsam / Mit der purpurnen Weinlese mühen / Die auf den knarrenden Wagen geladen ist ...«

Percy Bysshe Shelley, Lines written among the Euganean Hills

Kummer sei eine Schwäche, der sich kein höherer Geist hingeben sollte, und wollte ihr selbst in dieser Situation kein Nachlassen in dem Stoizismus gestatten, den er ihr eingeprägt hatte. »Wir geben uns selten lange der Niedergeschlagenheit und Trauer hin«, schrieb er, als er von ihrem Verlust erfuhr, »wenn wir nicht insgeheim meinen, es liege etwas sehr Erhabenes darin, und es gereiche uns zur Ehre.« Und so besichtigte Mary schon drei Tage nach dem Tod ihres Babys pflichtbewußt die Sehenswürdigkeiten Venedigs, las den vierten Gesang von »Childe Harold« und schrieb »Mazeppa« ab; dennoch war ein Schmerz in ihrem Herzen, der sich nicht stillen ließ, ein Vorgefühl von künftigem Leid, das nicht zum Schweigen zu bringen war.

Ihre Vorahnung bestätigte sich mit entsetzlicher Geschwindigkeit. Keines der beiden Kinder, die da im Garten spielten, sollte seinen sechsten Geburtstag erleben. Shelleys kleiner »Willmouse«, ein braver, fröhlicher Junge, den sein Vater innig liebte, starb, noch ehe das Jahr vergangen war, in Rom an einem plötzlichen Magenkatarrh; und bei diesem zweiten Verlust fiel Marys dünner Panzer philosophischen Gleichmuts endgültig von ihr ab. Sie wußte, daß ihre Gefühle genau die waren, die ihr Vater ihr vorwarf. »Die ganze übrige Welt, alles, was schön ist... gilt nichts, weil ein dreijähriges Kind tot ist.«

Ende Oktober brachte Shelley Allegra nach Venedig zurück, übergab sie ihrem Vater und brach dann mit seiner eigenen Familie nach Rom auf. Wieder wurde die nunmehr fast zwei Jahre alte Allegra einer fremden Welt ausgeliefert.

Venedig und Ravenna

Ob der Papa sich freute, sie wiederzusehen? Das ist schwer zu sagen. In diesem Herbst zeigte er sie in Venedig Tom Moore mit den Worten: »Sie haben wohl eine Ahnung von dem, was man Vatergefühl nennt, doch ich gestehe, ich habe es nicht; dieses kleine Ding belustigt mich, aber das ist auch alles.« Moore ergänzt, daß »dies jedoch offenkundig alles nur vorgetäuscht war; er empfindet natürlich sehr viel mehr, als er zugeben will.« Gewiß ist in Byrons Briefen ein wachsender Stolz auf das Kind zu spüren, der vielleicht auf den Tag zurückgeht, als er Augusta zu Gefallen erstmals feststellte, daß sie »dem Papa nachschlägt«. Im darauffolgenden Sommer, als sie zweieinhalb Jahre alt war, berichtete er John Murray, daß sie »hübsch wird, ihre Haare werden dunkler, und ihre Augen sind blau. In Temperament und Gehabe, sagt Mr. Hoppner, ist sie mir ähnlich, und in den Gesichtszügen auch; wenn dem so ist, wird sie eine artige junge Dame abgeben!« In Temperament und Gehabe – so ist zu vermuten – war sie wie jedes kleine Kind, das abwechselnd verwöhnt und vernachlässigt wird, doch ihre Gesundheit hat in dem langen feuchten Winter in Venedig gewiß gelitten. Mrs. Hoppner schrieb Mary, sie sei *»tranquille et sérieuse«* geworden *»comme une petite vieille, ce qui nous peine beaucoup«*.* Nicht ohne einen Unterton mütterlicher Genugtuung verglich Mrs. Hoppner sie mit ihrem eigenen kleinen Jungen Rizzo, der, wie sie sagte, *»toujours gai et sautillant«*** war, während Allegra trotz ihrer Flanellkleider rote Händchen und

* ...»still und ernst« geworden »wie eine kleine Alte, was uns sehr schmerzt«.

** ...»immer fröhlich herumspringend«...

Füßchen hatte, wie Eisklumpen. Obwohl er ein Jahr jünger war, konnte Rizzo schon fast so viele Wörter sagen wie Allegra, und sie wollte keine mehr dazulernen. »*Je crois toujours*«, fuhr Mrs. Hoppner fort, »*que c'est très malheureux que Miss Clairmont oblige cet enfant de vivre à Venise dont le climat est nuisible en tout au physique de la petite et vraiment, pour ce que fera son père, je trouve un peu triste d'y sacrifier l'enfant. Mylord continue de vivre dans une débauche affreuse, qui tôt ou tard le mènera à la misère.*«* Sie fügte hinzu, daß sie Allegra zu ihrem Vater auf Besuch schicke, sooft das möglich sei, doch zeige er sich nie vor drei Uhr, und außerdem falle das Kind dort jedesmal *Madame la Boulangère* in die Hände, die ihm immer Sachen zu essen gebe, die es nicht vertrage.

Wahrlich ein erschütternder Brief; doch was sollte Claire tun? Im gleichen Jahr erfuhr sie dann, eine reiche englische Witwe, Mrs. Vavassour, habe Allegra so ins Herz geschlossen, daß sie sie adoptieren wolle, und Claire schrieb an Byron, sie sei bereit, das in Erwägung zu ziehen. Byron aber lehnte, wie anzunehmen war, strikt ab. Und doch blieb Claire in ihrer blinden Hoffnung unverbesserlich. »Glaubst Du, mein lieber Lord Byron, daß Du immer mit dieser *Fornara* zusammenleben wirst? Meinst Du nicht, daß Du eines Tages solide wirst und so lebst, daß Allegra bei Dir bleiben und selbst glücklich sein wie auch Dich glücklich machen kann?«

Tatsächlich hatte Byron die *Fornarina* hinausgeworfen, doch folgte er bald darauf seiner neuen Mätresse Contessa Teresa Guiccioli nach Ravenna und ließ Allegra in der größten Mittsommerhitze in Venedig zurück. Seine warmherzige, freizügige alte Freundin, die Contessa Marina Benzoni, wäre gern nett zu dem Kind gewesen, wagte aber nicht, sich Mrs. Hoppners Mißbilligung auszusetzen. »Gern hätte ich Ihr kleines Mädchen gesehen«, schrieb sie an Byron, »aber ich wage

* »Ich glaube immer noch, daß es eine sehr unglückliche Entscheidung von Miss Clairmont ist, das Kind zu einem Leben in Venedig zu zwingen, wo das Klima dem ganzen Organismus des Kindes schadet, und was die Pläne seines Vaters mit ihm betrifft, glaube ich wirklich, daß es ein wenig traurig wäre, das Kind dafür zu opfern. Mylord gibt sich weiterhin abscheulichen Ausschweifungen hin, die ihn früher oder später in den Ruin treiben werden.«

nicht, sie dort aufzusuchen, wo sie wohnt.« Die Hoppners wollten Byron nun überreden, Allegra zur Erziehung in die Schweiz zu schicken, »wo ihre Gesundheit weniger gefährdet ist als hier und die Erziehung besser«. Aber auch das wollte er nicht in Erwägung ziehen, und so überließen die Hoppners Allegra einem gleichgültigen fremden Menschen nach dem anderen – erst einer italienischen Familie und dann der Frau des dänischen Konsuls. Schließlich schrieb der zwischenzeitlich nach Bologna gezogene Byron jedoch an Scott, man möge ihm das Kind schicken, und mußte entdecken, daß das Kindermädchen Anfang Juni entlassen worden war und es niemanden gab, der Allegra zu ihm bringen konnte.

»Als ich in Venedig war«, schrieb er verärgert, »hatte meine Tochter eine *governante* – ich nahm natürlich an, sie habe noch immer eine. Lassen Sie eine besorgen, und lassen Sie Allegra von Edgecombe begleiten, sobald Sie dieses Schreiben erhalten. Wegen der ›*Dama*‹ brauchen Sie sich nicht zu beunruhigen – ich möchte mein Kind sehen und bei *mir* haben.«*

Eine sehr ehrenwerte, wenn auch etwas verspätete Regung, die bei Scott ernsthafte Vorhaltungen auslöste. »Gestatten Sie, daß ich Ihnen sage, was ich zu diesem Thema denke. Ist Allegra einmal in den Händen Ihrer ›*Dama*‹, so ist sie eine Geisel für Ihr weiteres Betragen, und falls man sie nach Ravenna bringt und dort in ein Kloster steckt, wird es nicht leicht sein, sie wieder herauszuholen. Hat der Graf männliche Verwandte? Hat er angefragt, welche *dote* Sie ihr mitzugeben gedenken?«

Allegra war noch keine vier Jahre alt, doch daß nicht nur Scott derartige Gedanken durch den Kopf gingen, beweist ein Polizeibericht zwei Jahre später, als das Kind nach Bagnacavallo geschickt wurde. »Es heißt, daß Gamba, der Bruder der Contessa Guiccioli, Byrons Kind heiraten wird.«

* Edgecombe war der Sekretär des Britischen Konsulats in Venedig, der zugleich als Byrons Buchhalter fungierte. Brief vom 28. August 1819, in der Pierpont Morgan Library, New York. Abgedruckt in Origo: *The Last Attachment*, S. 110.

Ende des Monats traf das kleine Mädchen endlich in Bologna ein – »ein Kind von ganz ungewöhnlichem Liebreiz«, wie ein italienischer Beobachter bemerkt. Sie entwickelte sich allmählich zu einem vergnüglichen Spielzeug, und da Teresa im Augenblick nicht da war, fühlte Byron sich einsam. Er saß am Brunnen im Garten und spielte mit ihr, brachte ihr bei, »*Buon dì*, Papa« zu sagen, und stellte selbstgefällig fest, daß ihre Ähnlichkeit mit ihm und Augusta unverkennbar war. Wie Augusta, schrieb er, konnte sie kein »r« aussprechen. Sie war eine wahre Byron; sie hatte das gleiche Grübchen am Kinn, den gleichen finsteren Blick, die gleiche weiße Haut und leise Stimme, die »besondere Vorliebe für Musik und dafür, bei allem ihren eigenen Kopf durchzusetzen«. »Eine artige junge Dame«, fürwahr! Doch bisweilen fiel ihrem Vater auch – diese Geschichte stammt von der Contessa Guiccioli – eine Ähnlichkeit mit Claire auf. Dann drehte er sich, wenn das Kind ins Zimmer kam, voller Abscheu um und rief: »*Enlevez-la! elle ressemble trop à sa mère.*«*

Dennoch hatte er vor, Allegra mitzunehmen, als er im Herbst nach Südamerika auswandern wollte, in der einigermaßen naiven Hoffnung, dort eine in Europa nicht gegebene Freiheit zu finden und »meine Zelte ein für allemal dort aufzuschlagen«. »Allegra ist aufgeblüht wie eine Granatapfelblüte«, berichtete er Hoppner zu diesem Zeitpunkt; doch einige Wochen später schrieb er, das Kind habe »ein Wechselfieber«. »Dr. Aglietti«, sagte er, »teilt mir eben mit, daß Allegra die ›*doppia terzana*‹ hat, eine Fieberdublone, die meine Abreise von hier, wie es scheint, einigermaßen unsicher macht (da ich ohne sie nicht fahren will und kann).«

Dieses Fieber kam, wie das bei Kinderkrankheiten oft der Fall ist, zu einem ausgesprochen ungünstigen Zeitpunkt. Byrons Affäre mit der Contessa Guiccioli, die anfangs so glatt lief, war in eine Krise geraten, nachdem der Gatte der Lady ihr befohlen hatte, sich zwischen ihm und ihrem Liebhaber zu entscheiden. Die Contessa fuhr heim nach Ravenna, und Byron hatte – untröstlicher als er zugeben mochte – beschlossen, nach England zurückzukehren; doch nun verzögerte sich

* »Bringt sie weg! Sie ähnelt ihrer Mutter zu sehr.«

seine Abreise durch Allegras Krankheit. Seine Sachen waren gepackt, die Dienstboten lagen mit Fieber im Bett, und er war nun in den großen kahlen Räumen des Palazzo Mocenigo allein und sah sich gezwungen, ein fieberndes, weinerliches Kind zu pflegen. »Alle meine Pläne, erst Rache zu nehmen und dann auszuwandern... ruhen gegenwärtig auf dem Fieberkissen eines kranken Kindes.«

Allegra, die von ihrem Vater offenbar große Mengen Chinarinde verabreicht bekam, erholte sich recht bald; doch während all dieser Monate hatten ihre Mutter und die Shelleys keine Nachricht von ihr. »Die flehendsten Bitten von mir wie auch von Claire«, schrieb Mary Shelley am 18. September aus Pisa, »können keine einzige Zeile aus Venedig hervorlocken. Es ist jetzt sechs Monate her, seit wir auch nur indirekt von dort gehört haben. Weiß Gott, was da geschehen oder nicht geschehen ist! Shelley wird wohl hinfahren und nachsehen müssen, was aus dem kleinen Ding geworden ist, doch wie und wann weiß ich nicht, denn er hat sich von seinem Erschöpfungszustand in Rom nie erholt.«

Der Winter ging vorüber, und noch immer kamen nur höchst bruchstückhafte Nachrichten von Allegra. »Nach ihrer Ankunft in Ravenna«, schrieb Byron an Moore, »wurde auch die Guiccioli wieder krank, und schließlich schrieb mir ihr Vater (der bis dato der *liaison* stets den erbittertsten Widerstand entgegengesetzt hatte), ihr Zustand sei so, daß *er* mich bitte, sie zu besuchen – und daß ihr Gatte infolge des Rückfalls eingelenkt habe... Wenig später brach ich auf und bin seitdem hier. Ich fand sie recht verändert, doch auf dem Wege der Besserung; all dieses kommt davon, wenn man *Corinna* liest.«

Als Claire von »all diesem« erfuhr und hörte, daß Allegra wieder bei ihrem Vater in Ravenna war, schrieb sie den Hoppners und bat sie um Vermittlung: Ob Byron dem Kind nicht erlauben würde, einen Teil des Sommers bei ihr in Pisa oder in Bagni di Lucca zu verbringen, »einem sehr kühlen Ort, was ihrer Gesundheit dienlich sein könnte«. Nachdem sie keine Antwort erhielt, schrieb sie an Byron und wies darauf hin, daß das Kind in den zwei Sommern davor jedesmal unter der Hitze gelitten hatte: »Im ersten Sommer hatte sie die Ruhr, am Ende des zweiten das Wechselfieber.« Sie schlug vor, falls Byron sie nicht nach Ravenna kommen lassen wollte, um Allegra zu holen, würde sie das Kind in Bologna abholen. »Wenn sie nicht dort ist, sehe ich mich nach Erhalt eines Briefes von Dir gezwungen, nach Ravenna weiterzureisen. Denn bis ich sie sehe, bin ich so bange und elend, daß ich keine Ruhe finde.«

Doch Byron hatte schon am Tag vor der Absendung dieses Briefes an Hoppner geschrieben und seine Ablehnungsgründe sehr deutlich dargelegt. »Ich mißbillige die Behandlung der Kinder in dieser Familie so ganz und gar«, schrieb er, »daß es für mich wäre, als ginge das Kind in ein Spital. Ist es nicht so? Haben sie auch nur *eines* großgezogen?« Dies war nun wirklich ein unfreundlicher Seitenhieb, denn der kleine William war erst im Sommer zuvor in Rom gestorben. Und was Allegra anging: »Ihre Gesundheit war hier bislang *ausgezeichnet* und ihre Laune nicht übel; sie ist bisweilen eitel und störrisch, doch stets reinlich und fröhlich, und da ich sie in ein, zwei Jahren zu ihrer Erziehung entweder nach England schicke oder in einem Kloster unterbringe, werden diese Mängel beseitigt, soweit das bei ihrem Wesen möglich ist. Doch soll das Kind mich nicht wieder verlassen, um an Hunger und unreifem Obst zugrunde zu gehen oder zu dem Glauben erzogen zu werden, es gebe keinen Gott. Wann immer sie in der Nähe und ohne weiteres zu erreichen ist, kann die Mutter sie bei sich haben; sonst nicht. So war es von Anfang an festgelegt.«

»Habe Byrons Antwort erhalten – über unreifes Obst und Gott«, notierte Claire in ihrem Tagebuch, als ihr der wesentliche Gehalt dieses Briefes von Hoppner übermittelt wurde; doch sie konnte noch immer nicht glauben, daß die Entscheidung unwiderruflich war. Wieder schrieb sie selbst an ihn und wieder so, daß sie ihrer Sache selbst am meisten schadete. »Ich bitte Dich um die Gunst eines Besuchs von meinem Kind«, schrieb sie, »weil ich mit jedem Tag schwächer und elender werde. Wie ich bereits zehntausendfach bewiesen habe, liebe ich sie so, daß ich Empfindungen, die ihrem Wohlergehen abträglich sein könnten, in mir nicht nur beherrscht, nein, sogar zerstört habe. Du antwortest auf meine Bitte mit der Drohung, Du würdest meinem Kind das größte aller Übel antun, falls ich nicht weiterhin stillschweigend leide, Du drohst, sie in ein Kloster zu stecken, wo sie von uns beiden gleichermaßen getrennt ist.« Sie rief Byron das Urteil Salomons in Erinnerung und schloß: »Ich bin bereit, alles Leid auf mich zu nehmen, ehe ihr ganzes Leben durch eine Klostererziehung verdorben wird.«

Arme Claire! Ihr Angriff auf die »Klostererziehung« machte die letzte Chance, ihre Tochter wiederzusehen, zunichte. Denn Byrons Contessa Guiccioli hatte erst zwei Jahre zuvor eine Klosterschule verlassen und war ein Paradebeispiel für die Eigenschaften, die Byron nun bei einer Frau am erstrebenswertesten fand: genügend Frömmigkeit, ein wenig Aberglaube, nicht zu viel Gelehrsamkeit und vollkommene Weiblichkeit. Dies waren die Charakterzüge, die er nun bei seiner Tochter zu fördern gedachte.

Er schrieb Shelley einen wütenden Brief. Shelley schlug in seiner Antwort wieder einmal einen versöhnlichen Ton an und versicherte Byron, seine und Marys Zuneigung zu Allegra sei ungebrochen: »Auf welche Pläne über ihr künftiges Leben Sie sich auch mit Claire einigen, bedenken Sie, daß wir, die wir allen Parteien freund sind, uns überaus glücklich schätzen würden, wenn wir zu ihrem Wohlergehen beitragen könnten.« Und was das »unreife Obst und Gott« angehe, »so mußte ich lächeln über Ihr Auftreten gegen das, was Sie für meine Überzeugung halten. Im Gegenteil, ich meine, daß die Bewahrung der Keuschheit, so wie die Dinge liegen, für eine junge Frau durchaus von Bedeutung ist – das heißt, für ihr Glück – und jederzeit eine gute Angewohnheit. Was das Christentum anbelangt, da bin ich angreifbar; doch sollte ich ebenso wenig geneigt sein, ein Kind zum Unglauben wie zum Glauben als formale Überzeugung zu erziehen. Auch über unsere Methoden der körperlichen Ertüchtigung sind Sie falsch unterrichtet, doch kann ich die Quelle dieses Irrtums erraten. All dies sage ich nicht, um Sie zu einer Abkehr von Ihrem Plan zu bewegen (und Claire wäre ebensowenig damit einverstanden, daß Allegra längere Zeit bei uns wohnt), sondern um Sie über unsere Empfindungen in dieser Angelegenheit zu unterrichten, die Ihnen und den Ihren gegenüber freundschaftlich sind und immer sein müssen.«

Der moderate Ton dieses Briefes macht Shelleys gesundem Menschenverstand wie auch seiner Liebe zu Allegra alle Ehre, doch hatte er keinerlei Wirkung auf Byron, der nicht einmal antwortete.

Wie erging es der kleinen Allegra, während diese Debatten um sie tobten? Wieder einmal hatte man sie in einer unbekannten Welt abgesetzt. Der Papa hatte ihr erzählt, sie zögen in eine andere Stadt, wo es kein Wasser und keine Gondeln gebe, und wirklich fand sie sich bald in einem großen *palazzo* in Ravenna wieder, der dem alten Herrn und der jungen Dame gehörte, die sie vorher oft in Venedig gesehen hatte, dem Conte und der Contessa Guiccioli. Hier begann sie ein neues Leben – das vergnüglich, aber auch verwirrend war. Der Papa hatte ihr erlaubt, einen »Spielzeugschatz« mitzunehmen, den sie vor der Abreise aus Venedig von den Hoppners geschenkt bekommen hatte, und er selbst war besser gelaunt und freundlicher als gewöhnlich und hatte mehr Zeit, mit ihr zu spielen. »Allegra ist hübscher denn je«, berichtete er Hobhouse, »aber störrisch wie ein Maulesel und gefräßig wie ein Geier; Gesundheit gut, dem Aussehen nach zu urteilen – Laune erträglich, bis auf Eitelkeit und Eigensinn. Sie hält sich für hübsch und macht, was sie will.« (Der kleine Maulesel und Geier war eben über drei Jahre alt.) »Fest steht«, fügte er in einem Brief an Hoppner vernünftiger hinzu, »daß sie verwöhnt ist, denn jeder hat sie ins Herz geschlossen wegen ihrer hellen Hautfarbe, die unter diesen dunklen Kindern leuchtet wie die Milchstraße, doch läßt sich ihre jetzige Lage mit der bei Elise oder bei ihnen [den Shelleys] nicht vergleichen. Sie ist beträchtlich gewachsen und ist sehr reinlich und lebhaft. Zu Hause hat sie viel frische Luft und Bewegung, und sie fährt täglich mit Mme. Guiccioli in ihrer Kutsche auf den Corso.«

In der Tat war die Contessa Guiccioli jung und freundlich, sie hatte das Kind anscheinend zu ihrem Liebling erkoren und nahm es, als der Karneval begann, in ihres Mannes Sechsspänner mit, um an der *cavalcata* auf dem Corso teilzunehmen. Die Glöckchen der Pferde klingelten, ihre Federbüsche wehten im Wind; die Fenster waren mit bunten Girlanden bekränzt, die Balkone mit Brokaten und Tapisserien geschmückt. Das Kind nahm eine Handvoll Konfetti und warf es in die Luft; ein farbenfrohes Staubwölkchen hing in der Luft, fiel dann herab und hinterließ Flecken auf dem weißen Schnee. Maskierte Edelmänner in Dominokostümen kamen vorbei und küßten der Contessa die Hand; Damen in geblümten Seidengewändern winkten ihr von den Balkonen zu. Dann kam auch der Papa – war das wirklich der Papa? Der Mann, der da an der Kutschentür lehnte, hatte Papas spöttische Stimme und Papas schrägsitzenden Hut und sein Schwert, aber er hatte auch einen langen schwarzen Bart und schwarzes Haar, und sein Gesicht war merkwürdig gelb gefärbt, er sah alt und würdig aus – und sehr furchterregend, das ist wahr.* Aber Teresa lächelte ihm zu und legte für einen Moment ihr pummeliges Händchen auf seinen Arm.

Das Kind saß ganz still, schwieg und beobachtete; seine tiefblauen Augen hatten anscheinend das Staunen verlernt. Dann, als der Umzug vorbei war, fuhr die Kutsche wieder zu den kahlen kalten Räumen des *palazzo* zurück. Die Affen wurden aus der Küche heraufgebracht, schnatterten aber so vor Kälte, daß man sie wieder zurückschicken mußte. Das Kind preßte die Nase an die Fensterscheibe und sah in den fallenden Schnee hinaus.

Als dann der Karneval zu Ende war, setzte das Tauwetter ein. Man hörte Papas Pferde im Hof, und dann ritt er mit der Contessa an seiner Seite in den Pinienwald am Meer. Manch-

* Die britische Botschafterin, Lady Clarke, hat die Maske, die er trug und die in Ravenna aufbewahrt wurde, großzügigerweise der Keats-Shelley-Gedenkbibliothek in Rom gestiftet. Ein mit 1865 datiertes Dokument bezeugt, daß Giovanni Ghinaglia, *»libraio e fabbricatore di maschere«*, sie im Februar 1820 für Lord Byron anfertigte, »der sich ihrer während dieses Karnevals mehrfach bediente«. Sie besteht aus einer Doppellage Wachs auf Segeltuchgrund, so geformt, daß sie das gesamte Gesicht bedeckt, und ist erstaunlich klein; der Mund ist (ob durch einen später aufgetretenen feinen Riß im Wachs oder absichtlich) leicht verzogen und verleiht so dem Gesicht einen hämischen und wahrlich recht finsteren Ausdruck, und die Form des Bartes, an dem noch immer mehrere lange schwarze Haare kleben, ist noch zu erkennen. Dem Hersteller zufolge stellt die Maske »das Gesicht eines zwischen 45 und 50 Jahre alten Mannes dar, eines Menschen von ernsthaftem Charakter und etwas grüblerisch.«

mal brachte eine Kutsche auch Allegra dorthin; sie spielte unter den Bäumen oder spazierte in die große Kirche San Apollinare in Classe hinein und sah dort zu den merkwürdigen Mosaikbildern von Tieren und Heiligen hinauf.

Als die Hitze einsetzte, mietete Byron eine Villa auf dem Land bei Ravenna, die Villa Bacinetti, und schickte das Kind für den Sommer dorthin. »Die Villa wird so rasch wie möglich bereitgemacht«, schrieb er Teresa, »der beiden kleinen Mädchen wegen – Allegra und dir.« Bisweilen fuhr er in seinem Vierspänner hinaus, besuchte das Kind und fuhr dann weiter zu Teresas Landhaus Filetto. Wenn Byron in Ravenna war, ging manchmal auch Teresa in die Villa Bacinetti, spielte mit Allegra und berichtete Byron dann von »der Intelligenz und Grazie, mit der sie Volkslieder singt und die Albernheiten eines alten Dieners nachahmt«. »Was Du über das Kind sagst«, antwortete Byron, »beruhigt mich sehr – bis auf diesen Hang zum Possenspiel, welcher eine sehr nette Angewohnheit werden kann, doch denen, die ihr frönen, früher oder später Ärger einbringt.«

Das war alles sehr väterlich, und unglücklicherweise wählte Claire gerade diesen Moment, um einen weiteren Beschwerdebrief zu schreiben, der einen an Hoppner gerichteten Ausbruch heraufbeschwor: »Claire schreibt mir die unverschämtesten Briefe über Allegra; da sieht man, was ein Mann davon hat, wenn er sich um seine natürlichen Kinder kümmert! Wenn es nicht um die arme Kleine ginge, wäre ich fast versucht, sie zu ihrer atheistischen Mutter zurückzuschikken, aber das wäre zu arg! Sie machen sich keinen Begriff von der Maßlosigkeit ihrer Unverschämtheit, mir ist auch der Grund dafür unbegreiflich, denn ich habe mir viel Mühe und Ausgaben gemacht – habe eigens ein Haus auf dem Lande für sie gemietet. Sie hat zwei Dienstmädchen und alle nur mögliche Fürsorge. Wenn Claire denkt, sie könnte jemals in die sittliche oder anderweitige Erziehung des Kindes eingreifen, so irrt sie sich; das werde ich niemals gestatten. Das Mädchen wird eine Christin werden und nach Möglichkeit eine verheiratete Frau. Was ihre Besuche angeht – sie mag sie unter gebührenden Beschränkungen sehen, aber sie hat nicht alles mit ihrem tollen Betragen durcheinanderzubringen. Um es sehr behutsam auszudrücken: Ich halte Madame Claire für ein verdammtes Luder. Was meinen Sie?«

Die Rolle des Moralisten und Religionsverteidigers lag Byron nicht besonders; aber es ist anzunehmen, daß seine Verärgerung aufrichtig war. Eine ausgeprägte konventionelle Ader – nicht ungewöhnlich bei einem *viveur* seiner Art – ließ ihn das Zerstörerische von Shelleys Ansichten ebenso fürchten, wie er ihre *naïveté* verachtete. Zwar hatte er selbst sich gegen eine Gesellschaft gewandt, die ihn persönlich gekränkt hatte; doch seine Achtung vor den Grundlagen der Gesellschaft blieb bestehen. Shelleys Auflehnung ging, wie er wußte, viel tiefer; sie war ein Protest gegen die gesamte bestehende Gesellschaftsordnung.

Doch wie sehr Byron auch Shelleys Ansichten mißbilligte, die dunklen Andeutungen über die Niedertracht des Dichters, die sich nach und nach in Hoppners Briefen eingeschlichen hatten, erstaunten ihn. »Ich bedaure, daß Sie eine so schlechte Meinung von Shiloh haben; Sie hatten doch sonst eine gute Meinung von ihm. Gewiß hat er Talent und Ehrgefühl, ist aber wahnsinnig gegen Religion und Moral eingestellt... Sie scheinen in letzter Zeit etwas gegen ihn zu haben.« Dieses »etwas« wurde Byron in Hoppners nächstem Brief mitgeteilt, in dem er eine ungeheuerliche Geschichte weitererzählte, die von dem Schweizer Kindermädchen Elise stammte, das die Shelleys entlassen mußten. Diese Frau behauptete, Claire habe vor kurzem ein Kind von Shelley geboren, und das Kind sei in das Findelhaus von Florenz gegeben worden. Hoppner schrieb: »Claire schreckt nicht davor zurück, Mrs. Shelley zu sagen, sie sähe sie am liebsten tot, und Shelley in ihrer Gegenwart zu erklären, sie wisse nicht, wie er mit einem solchen Geschöpf zusammenleben könne. Daran sehen Sie, daß Ihr Ausdruck für sie *noch viel zu behutsam* ist... Ich hoffe, dieser Bericht bestärkt Sie darin, an Ihrer Freundlichkeit der armen kleinen Allegra gegenüber festzuhalten, die sonst niemanden hat, auf den sie sich verlassen kann.« Darauf antwortete Byron, der eng mit Shelley befreundet war und viele Wochen mit ihm und Mary zusammen verbracht hatte, der noch immer in freundschaftlichem Briefwechsel mit ihm stand und der noch zwei Wochen zuvor über Shelleys »Ehrgefühl« geschrieben hatte: »Die Geschichte über Shiloh ist zweifellos wahr, auch wenn Elise eine recht parteiische Zeugin ist. Sie erinnern sich, wie sehr sie darauf brannte, zu ihnen zurückzukehren, und dann geht sie hin und verunglimpft sie. An den Gegebenheiten kann es allerdings wenig Zweifel geben; es sieht ihnen gerade ähnlich.« Byron schickte Hoppner auch Shelleys letzten Brief, der mit seinem moderaten Ton zeigt, wie weit Shelley davon entfernt war, solche Verleumdungen zu vermuten. »Ich staune, daß Sie das, was Claire schreibt, erzürnen kann; auch wenn es höchst wahrscheinlich ist, daß sie Erzürnendes schreibt... Das arme Ding, sie ist sehr unglücklich und sollte mit möglichst viel Nachsicht behandelt werden. In dieser Hinsicht gleichen die Schwachen und Törichten den Königen: sie können kein Unrecht tun.«

»Sie sind sich bewußt, daß Sie Allegra gegenüber Ihre Pflicht tun«, hatte Shelley geschrieben, und seltsamerweise stimmte das. Auch wenn Byron an dem Kind nicht viel mehr lag als an den Katzen, dem Falken und der Krähe, so sorgte er doch für sein körperliches Wohlergehen und schenkte ihm eine ebenso distanzierte und belustigte Zuneigung. »Dem Kind Allegra geht es gut«, berichtete er Augusta, »aber der Affe hat Husten – und die Krähe leidet in letzter Zeit unter Kopfschmerzen«, und in seinem Tagebuch vermerkte er: »Die Krähe hat ein lahmes Bein – wie ist das nur passiert –, da muß ihr wohl ein Narr auf den Zeh getreten sein. Der Falke recht munter –, die Katzen groß und laut, die Affen habe ich seit der Kälte nicht mehr angeschaut, da sie unter ihr leiden, wenn man sie heraufbringt.« Und am selben Tag: »Über die Lage der Frau unter den alten Griechen nachgedacht – durchaus geziemend. Gegenwärtige Lage ein Überbleibsel aus der Barbarei der Ritter- und Feudalzeit – künstlich und unnatürlich. Sie sollten sich um das Haus kümmern – und gut genährt und gekleidet sein – sich aber nicht unter die Gesellschaft mischen. Außerdem wohlunterrichtet in der Religion – aber weder Poesie noch Politik lesen – nichts als Bücher über Frömmigkeit und Kochen. Musik – Zeichnen – Tanzen...« Und dann, ein paar Tage später: »Über einen Erziehungsplan für meine Tochter Allegra nachgedacht, die bald mit dem Lernen anfangen sollte.«

Allegra hatte zwar kaum dringenden Bedarf, mit dem Lernen anzufangen – das Kind war noch keine vier Jahre alt –, mag aber wohl Bedarf gehabt haben an einer geregelten Lebensweise und anderer Gesellschaft als die der Dienerschaft und die der Haustiere ihres Vaters. Diese waren nunmehr um einen ägyptischen Kranich, einen Dachs, einen Ziegenbock und mehrere Pfauen erweitert worden, denen das Kind bisweilen auf der großen Marmortreppe begegnete, wo sie ihr Rad schlugen und sich spreizten. Auch die Hunde und Affen hatten den Großteil des Hauses zu ihrer Verfügung. »Halten Sie sich von den Hunden fern«, wurden unvorsichtige Besucher gewarnt, und einen Moment später: »Passen Sie auf, sonst geht der Affe auf Sie los.«

Der Papa ließ, wenn er gut aufgelegt war, Allegra zuschauen, wenn er abends am Kamin speiste; eines Abends sah sie ihn einen ganzen Steinbutt verzehren; ein anderer Herr, sagte er, hätte gern daran teilgehabt, doch er wollte ihn ganz allein essen. Manchmal fuhr er in einer offenen Kutsche aus und kam dann zitternd vor Kälte heim oder brachte seltsame Besucher mit. Einmal war es eine alte Frau – eine furchterregende, dürre kleine Alte, die nur noch ein paar Zähne im Unterkiefer hatte und »so etwas wie einen schütteren grauen Bart am Kinn«. Sie redete wie ein Wasserfall – etwas von »*tre, tre croci*«, drei Kreuzen. Allegra, die katholisch erzogen wurde, wußte alles über das Kreuzzeichen, aber warum drei? Später erzählte ihr der Papa, daß ein *croce* zehn Jahre waren und daß die alte Frau neunzig Jahre alt war – der älteste Mensch, den er kannte... An einem anderen Abend, als Allegra eigentlich im Bett sein sollte, gab es im ganzen Haus große Aufregung. Sie hörte alle Dienstboten auf den Balkon hinauseilen und etwas von einem Mord schreien; dann Papas Stimme in der Halle, und wenige Minuten später langsames Füßeschlurfen, als ob Männer etwas Schweres die Treppe hinauf trugen, das Öffnen der Tür zu Papas Zimmer, eine Stimme, die »*O Dio! O Gesù!*« jammerte – dann Stille. Am nächsten Morgen erzählten ihr die Diener, daß auf der Straße ein Offizier ermordet worden war, und es rannten noch mehr Polizisten und Soldaten die Treppe hinauf und hinunter, der Papa war aufgebracht, aber auch recht zufrieden mit sich, und alle sagten, sie solle aus dem Wege gehen. Sie sollte auch aus dem Wege gehen, als nach Einbruch der Dunkelheit andere Männer kamen, die geheimnisvolle schwere Kästen trugen, die – was das Kind natürlich nicht wußte – Patronen und Flinten enthielten. Der Aufstand der *Carbonari* in der Romagna stand unmittelbar bevor, und getreu seinen liberalen Grundsätzen gewährte Byron den Aufrührern Unterstützung, indem er einen Teil ihrer Waffen in seinem *palazzo* aufbewahrte. »Heute abend«, schrieb er im Februar, »habe ich keine Nachricht von meinen Kumpanen bei den *Carbonari*, doch meine unteren Gemächer sind mittlerweile voll von ihren Bajonetten, Musketen, Patronen und was nicht alles... Es liegt nicht viel daran – einmal angenommen, Italien könnte befreit werden –, wer oder was geopfert wird... Man denke nur – ein freies Italien! Meine Güte, dergleichen hat es seit Augustus' Tagen nicht gegeben.«

Die Anwesenheit eines kleinen Kindes im *palazzo* muß äußerst lästig gewesen sein. »Die Lage hier war und ist so, daß ich keinen Grund habe, meine eigene persönliche Unversehrtheit als sonderlich gesichert anzusehen, und ich hielte es für das beste, wenn das Kind fürs erste in sicherer Entfernung wäre.« Sie war nun »ganze vier Jahre alt, und die Diener haben sie nicht mehr in der Hand«, und laut Teresa argwöhnte Byron außerdem, ein Dienstmädchen habe dem Kind das Lügen beigebracht. »Lord Byrons Abscheu vor der Lüge war so groß, daß Vermittlungen und Gebete das Mädchen vor der Entlassung nicht bewahren konnten.« Er beschloß dann, Allegra – »und das gegen ein hohes Kostgeld« – in einer etwa zwölf Meilen entfernten Klosterschule in Bagnacavallo unterzubringen, die Teresas alte Großeltern – »ein wegen seiner häuslichen und religiösen Tugenden hochgeschätztes Paar« – ihm warm empfohlen hatten. Ihre Besorgnis über die ihnen zu Ohren gekommenen Klatschgeschichten legte sich etwas bei dem Gedanken, daß Mylord seine kleine Tochter bewußt katholisch erziehen lassen wollte. Byrons eigene Auffassung scheint die gewesen zu sein, daß ein kurzer Aufenthalt in einem Kloster dem Kind jedenfalls nicht schaden konnte. »Sie wird Fortschritte im Lernen machen, und man wird ihr Moral und Religion beibringen.« Und was ihre Zukunft anbelangte:

»Ich hatte oder habe keinesfalls vor, einem *natürlichen* Kind eine englische Erziehung angedeihen zu lassen, denn bei dem Nachteil ihrer Geburt wäre ihre Versorgung danach doppelt schwierig. Anderswo kann sie mit einer guten Erziehung im Ausland und einer Mitgift von fünf- oder sechstausend Pfund* durchaus sehr ehrbar heiraten. In England wäre eine solche Aussteuer kümmerlich, wohingegen es im Ausland ein Vermögen ist. Außerdem ist es mein Wunsch, daß sie römisch-katholisch werden soll, was ich für die beste Religion halte, da sie unter den verschiedenen Ausprägungen des Christentums gewißlich die älteste ist.«

Kurz, Allegra sollte, wie er schon früher gesagt hatte, ganz bestimmt Christin und »nach Möglichkeit eine verheiratete Frau« werden – eine Klosterschule schien der beste Ort, diese beiden Ziele zu erreichen. Die Weichen für Allegras nächsten Lebensabschnitt waren gestellt.

* Diese Mitgift war Allegra bereits durch ein Kodizill zu Byrons Testament zugesprochen worden, das auf den 17. November 1818 datiert ist. »Hiermit gebe und vermache ich Allegra Biron, einem etwa zwanzig Monate alten Säugling, von mir aufgezogen und nunmehr in Venedig wohnhaft, die Summe von fünftausend Pfund und weise die Vollstrecker meines besagten Testaments an, sie ihr mit Vollendung des 21. Lebensjahres oder am Tage ihrer Hochzeit auszubezahlen, unter der Bedingung, daß sie keinen gebürtigen Briten heiratet, was zuerst eintritt [sic]. Und ich weise meine besagten Testamentsvollstrecker an . . ., besagte Summe von fünftausend Pfund in Staats- oder Grundpapieren anzulegen und die gesicherte Rente daraus zu zahlen und zu verwenden für den oder für Zwecke des Unterhalts und der Erziehung besagter Allegra Biron bis zur Vollendung des erwähnten 21. Lebensjahres oder ihrer Verehelichung wie oben ausgeführt.«

Nach Allegras Tod im Jahre 1822 erwähnte Byron Teresa Guiccioli gegenüber, daß er ihr diese Summe testamentarisch übertragen wolle. »Sie lehnte das auf das entschiedenste und wahrlich ungehalten ab und erklärte, sie würde ein solches Legat nicht nur als Ungerechtigkeit gegenüber meiner Tochter mit Lady B. sowie der Familie meiner Schwester ansehen, sondern als posthume Beleidigung ihrer selbst.« Byron an Kinnaird, 29. Oktober 1823, *Correspondence* II, 284–5.

Die Klosterschule

Die kleine Stadt Bagnacavallo, einst eine römische Festung, liegt etwa zwölf Meilen von Ravenna entfernt in der Sumpfebene der Romagna. Das aus dem vierzehnten Jahrhundert stammende alte Kamaldulenserkloster San Giovanni war im achtzehnten Jahrhundert aufgegeben und von Kapuzinernonnen – einem der ärmsten und strengsten Orden der katholischen Kirche – übernommen worden. Die Oberin, Mutter Marianna Fabbri, erhielt von Papst Pius VII. die Genehmigung zur Gründung eines Klosters mit zwölf Nonnen, die im Krankenhaus von Bagnacavallo als Schwestern Dienst tun sollten. Neun weitere sowie acht Postulantinnen kamen hinzu, und bald darauf erhielten sie auch die Erlaubnis zur Eröffnung eines Pensionats, das bei Allegras Eintritt nicht weniger als achtzig Schülerinnen hatte. Nach dem Reglement war es das Ziel der Schule, den Mädchen »einen tugendhaften Lebenswandel« beizubringen, der ihnen gestattete, »vorbildliche und nützliche Mitglieder der Gesellschaft zu werden«, die Lehrer sollten sie zu »gebildeten, höflichen« Menschen erziehen, »keineswegs bigott, sondern von gediegenen religiösen Grundsätzen und peinlich genau auf Sittsamkeit bedacht«. Hier traf Byrons Tochter in Gesellschaft von Byrons Bankier in Ravenna, Pellegrino Ghigi, am Morgen ihres vierten Geburtstags ein.

Die Ordensregel bestimmte, daß das Aufnahmealter zwischen sieben und zwölf Jahren liegen sollte, doch machte man in diesem Fall eine Ausnahme, und so wurde die kleine Allegra mit ihren blonden Locken und blauen Augen die jüngste und wohl verwöhnteste Schülerin. Sie wurde der besonderen Fürsorge der Mutter Priorin, Suor Fedele, anvertraut. Ihre zwar beklagenswerte, aber doch romantische Geschichte war ihr vorausgeeilt, und man kann mit Sicherheit annehmen, daß die guten Nonnen aus diesem Grund in besonderem Eifer entbrannten, diese kleine Seele auf den Pfad des Heils zu geleiten. In der Tat nennt eine Geschichte des Klosters ihr Kommen »ein höchst bemerkenswertes Ereignis und vielleicht eine besondere Fügung göttlicher Gnade« und hält auch fest, daß ihr Eintritt »das Ansehen der Schule erhöhte und viele der besten Familien in der Romagna dazu bewog, ihre Töchter ebenfalls dorthin zu schicken.« Es wurde verlangt, daß jede Schülerin – zu den halbjährlichen Gebühren von siebzig *scudi*, die Byron für Wucher hielt – selbst ein Bett, ein Waschgestell, eine Kommode, zwei Stühle, nicht weniger als achtzehn Hemden und ein Kleid aus schwarzem Wollstoff mitbrachte; zudem wurde erwartet, daß sie die Nonnen am Tag ihrer Ankunft mit einer Abendmahlzeit bedachte, zu Ostern mit einem Lamm und zu Weihnachten mit mehreren Kapaunen. Allegra brachte, so erfahren wir, außer ihren Möbeln und der Ausstattung auch zahlreiche schöne Puppen mit, die so hübsch gekleidet waren, daß die Frau des Klosterzimmermanns, Marianna Foschini, die Kleider später für ihre eigenen Kinder verwertete; außerdem schenkte Byron dem Kloster seine Peersrobe, welche er durch Contessa Guicciolis Majordomus überbringen ließ mit dem Bescheid, ein Teil davon sei zu einem Kleidchen für seine Tochter zu verwenden.*

Die vertrauten Puppen und das hübsche Kleidchen müssen Allegra ein Trost gewesen sein; die Liebkosungen und Ausrufe der Nonnen werden zu ihrer Beruhigung beigetragen haben. Der Frau des Zimmermanns zufolge behandelten sie »*l'inglesina* mit großer Fürsorglichkeit und hatten sie sehr gern«. Doch wie fremd muß ihr an jenem ersten Morgen alles vorgekommen sein – die weiß getünchten Wände, die langen kahlen Gänge, die Heiligenstatuen, die ungewohnten Schleier und Trachten der Nonnen! Wie schwer muß es gewesen sein, die Freiheit und Einsamkeit des väterlichen Hau-

* Der Aufstellung ihrer Habe zufolge, die Byron nach ihrem Tod übersandt wurde, besaß Allegra außerdem drei Baumwollkleidchen, eins aus Samt, eins aus Musselin und eins aus Voile, eine kleine Mütze, vier Handschuhe, eine Korallenkette und einen Silberlöffel nebst Gabel.

ses zu verlassen und sich in dieser Atmosphäre strenger, wenn auch freundlicher Disziplin, ständiger Gemeinschaft und immerwährender »Aufsicht« wiederzufinden! Wie seltsam, die Gesellschaft der Krähe, der Affen und des Falken gegen die der vornehmen kleinen italienischen Mädchen einzutauschen – einer Marchesina Ghisilieri, einer Contessina Loreta, einer Donna Ippolita Biancoli –, die jetzt schon so beherrscht und höflich waren! Wie merkwürdig, jeden Tag zur gleichen Zeit das Gleiche zu tun, zu lernen, was Sittsamkeit heißt, indem man in der Badewanne ein dickes Baumwollhemd trägt, und zudem ständig von einem Schutzengel begleitet zu werden! Auch für die guten Nonnen kann es keine leichte Aufgabe gewesen sein, der Tochter von Claire und Byron die Lehren christlichen Gehorsams und christlicher Demut beizubringen. Bei ihrem Eintreffen – so will es die Überlieferung der Nonnen – streckte das Kind die Händchen aus und erwartete, daß man sie küsse; und als man zwei Laienschwestern auftrug, sie im Garten zu unterhalten, befahl sie ihnen: »Bleibt hinter mir – ihr seid meine Dienerinnen!« Nach und nach versuchten die Nonnen – so erfahren wir –, diese Züge zu »mäßigen«; doch als sie ihr zum ersten Mal von Gott, dem Allmächtigen Herrn, erzählten, fragte sie: »Wer ist dieser Herr, der größer ist als ich?«; und als man ihr sagte, sie solle als Zeichen des Gehorsams mit einem kleinen Kreuz auf den Schultern in das Refektorium gehen, erwiderte sie, das würde sie »um der Liebe Gottes willen« zwar tun, doch wolle sie keine Sandalen an den Füßen tragen »wie ein armer Mensch«.

Doch als die Tage ins Land gingen und die neuen Regeln, nach denen sie sich zu richten hatte, vertrauter wurden, verblaßten der Palazzo Guiccioli und der Papa, der Sechsspänner und die Pfaue in ihrer Erinnerung; die Klosterschule war nicht mehr so fremd. Die Anpassungsfähigkeit eines Kindes ist nahezu grenzenlos; die Nonnen waren zwar streng, aber sie waren auch freundlich. Ruhig, monoton und heiter lief der Alltag ab. Kein Lehrer von draußen betrat die Schule; keine Schülerin ging je vor die Klostermauern. Die Kinder spielten auf den Wegen des kleinen Gärtchens; sie sagten ihre Gebete in der Kirche San Giovanni auf; sie lernten »Zeichnen, Geographie und Kosmographie« bei Suor Felice, »Schönschreiben und Arithmetik« bei Suor Violante, »Vokal- und Instrumentalmusik, ein unschuldiger Zeitvertreib«, bei Suor Cecilia. Suor Rosalia »unterhielt sie mit biblischen Geschichten«; Suor Orsola, »deren besonderer Charakterzug die Schlichtheit war« mit Beschreibungen ihrer eigenen Visionen. Bei Suor Diomira lernten sie die Herstellung künstlicher Blumen »von einer solchen künstlerischen Vollkommenheit, daß sie der Natur entsprungen schienen«; Suor Edvige »wachte Tag und Nacht über sie«, unterwies sie in italienischer Grammatik und unterrichtete sie in Seiden- und Goldstickerei – eine Kunst, in der sie so bewandert war, daß man zwei ihrer Stickereien für würdig genug hielt, sie dem Papst zu überreichen. So gingen die Monate dahin, und nur die kirchlichen Feste, der Geburtstag des Klostergründers und vielleicht das Eintreffen einer neuen Schülerin brachten etwas Abwechslung. Trotz der Monotonie, der Disziplin und dem Mangel an Freiheit war Allegra wahrscheinlich nicht unglücklich. Die Schlafsäle im Kloster waren kalt und kahl, die Laken rauh, das Essen war schwer, mit Knoblauch gewürzt und schmeckte nicht; doch hatte sie zum ersten Mal gefunden, was jedes Kind vor allem anderen braucht – eine Welt, in der Stabilität und Ordnung herrschen. Zum ersten Mal in ihrem Leben fühlte sich Allegra geborgen.

Als Claire jedoch erfuhr, daß die »Drohung« – denn so hatte sie es von Anfang an aufgefaßt –, Allegra in ein Kloster zu schicken, in die Tat umgesetzt worden war, kannten ihre Bestürzung und Empörung keine Grenzen.* »Ich habe soeben den Brief erhalten«, schrieb sie an Byron, »der ankündigt, daß Allegra in einer Klosterschule untergebracht werden soll. Ehe ich Genf verließ, gabst Du mir das Versprechen – wenngleich mündlich –, daß mein Kind, egal welchen Ge-

* Claire lebte nunmehr als Gouvernante für die Kinder eines Professors Boiti in Florenz. Medwin, der ihr etwa zu dieser Zeit begegnete, schildert sie als »Brünette mit sehr dunklem Haar und Augen, aus denen das Feuer der Intelligenz blitzte. Man hätte sie für eine Italienerin halten können. Ihre Geschichte war ein unergründliches Geheimnis... Wenn auch nicht im eigentlichen Sinne schön, war sie doch lebhaft und attraktiv und besaß einen *esprit de société*, der bei den Frauen aus unserem Land selten ist.« Medwin, *An Angler in Wales*.

schlechts, nie von Vater oder Mutter getrennt sein sollte. Der Anlaß für dieses Versprechen war meine Niedergeschlagenheit aufgrund Deiner Absicht, es der Obhut von Mrs. Leigh zu übergeben. Dieses Versprechen wird nicht nur geringfügig, sondern in einer Art und durch ein Verhalten verletzt, wie es meine Liebe zu Allegra ganz und gar nicht hinnehmen kann. Es war mein Wunsch und meine Übung, Dich so wenig wie möglich zu belästigen; doch wenn ich jetzt schweige, wirst Du das in Zukunft gegen mich verwenden. Ich führe Dir daher noch einmal vor Augen, daß es mir tiefe und ernsthafte Betrübnis bereitet, wenn Allegra in ihrem Alter in einem Kloster – fern von allen Angehörigen – untergebracht wird. Seit Deiner ersten Andeutung dieses Wunsches habe ich mich mit einiger Mühe nach den dort üblichen Methoden erkundigt und habe erfahren, daß die Lage der Kinder durchaus jämmerlich ist. Ich sehe keinen Grund zu der Annahme, daß Klosterschulen in Ravenna, einer zweitrangigen und abgelegenen Stadt der Römischen Staaten, besser geführt werden als in Florenz, der Hauptstadt der Toskana. Alle, die Italien bereist und darüber geschrieben haben, sind sich in ihrer Ablehnung einig, was allein schon ein ausreichender Beweis wäre, ohne noch auf die Unwissenheit und Lasterhaftigkeit der italienischen Frauen eingehen zu müssen, die allesamt Klosterschülerinnen waren. Sie sind schlechte Ehefrauen, höchst unnatürliche Mütter; in ihrer Sittenlosigkeit und Unwissenheit sind sie die Schande und das Unglück der Gesellschaft. Dies also ist die Erziehung, die Du für Deine Tochter gewählt hast, obwohl Dir aufgrund Deines Reichtums und Deiner Freunde alle Möglichkeiten offen stehen. Dieser Schritt wird Dir neue Feinde und maßlosen Tadel eintragen, kann er doch von den Tugendhaften gleich welcher Sekte oder Glaubensrichtung nur unter einem Aspekt gesehen werden. Die Welt wird Allegras Mißgeschick – daß sie von ihrem Vater zu einem Leben der Unwissenheit und Erniedrigung verdammt ist, daß sie der Vorteile, zu denen die Zugehörigkeit zu dem aufgeklärtesten Land der Welt sie berechtigt, wie auch der Obhut und Freundschaft der Freunde ihrer Mutter (so wesentlich für das Wohlergehen eines Kindes in ihrer trostlosen Lage) beraubt wird, indem sie eine andere Religion annehmen muß und eine Erziehung erfährt, deren Nichtswürdigkeit bekannt ist – so aufnehmen, als wärest Du nunmehr all der Mißbilligung, die Dir zuteil wurde, voll und ganz gerecht geworden. Wie wird Lady Byron – deren Betragen Dir gegenüber bislang nie gerechtfertigt war – sich beglückwünschen und an der redlichen Sicherheit ihrer selbst und des Kindes ergötzen, und wie wird alle Welt noch dreister ihre Klugheit preisen, denn meine unglückliche Allegra erbringt den vernichtenden Beweis! Ich allein – von der Liebe irregeleitet, Dich für gut zu halten – vertraute auf Dich, und nun kann ich die Früchte ernten.«

Voreingenommen, töricht und taktlos, wie dieser Brief war, hat man doch unweigerlich Mitleid mit Claire, wenn man ihn liest. Bei Byron jedoch löste er nur Wut und Verachtung aus. »Der moralische Teil dieses Briefs über die Italienerinnen«, merkte er an, als er ihn an Hoppner weiterleitete, »steht der Schreiberin ganz besonders wohl an, die nunmehr mit einem *Mann* und seiner *Ehefrau* zusammenlebt – und ein Kind ins Findelhaus gesteckt hat etc.« Dieser ungeheuerliche Kommentar, der zur gleichen Zeit geschrieben wurde, als Byron eine freundschaftliche Korrespondenz mit den Shelleys unterhielt, offenbart seine latente Grausamkeit, die Claire, bei all ihrer Torheit, sehr wohl erkannt hatte. »Ich will meinen Kummer darüber nicht weiter schildern«, fuhr sie fort, »daß dies Allegras Los sein soll, weiß ich doch, welche freudige Erregung es Dir bereitet, Ränke zu schmieden und die Bürde womöglich zu vermehren. Doch ich flehe Dich an, diesen Schritt zurückzunehmen, wenn schon nicht um ihretwillen, so doch um Deinetwillen.« Sie bat Byron, »wenn Du Bedenken hast, meine Leidenschaftlichkeit könnte mich an einem richtigen Urteil in dieser Sache hindern«, Mrs. Hoppners Rat einzuholen, und versprach, ihrer Entscheidung zu folgen. Sie erinnerte ihn daran, daß sie ihm Allegra überlassen hatte, damit das Kind »eine Erziehung, wie sie der Tochter eines englischen Adligen gebührt«, erhielte und beschwor ihn, »da Deine Prinzipienreinheit Dir nicht erlaubt, für ein natürliches Kind zu sorgen [ist es möglich, daß Claire sich hier einen Anflug von Ironie erlaubte?], zu gestatten, daß sie auf Kosten ihrer Mutter auf ein Pensionat in England geschickt wird.«

Daß Byron einen solchen Plan nie in Betracht ziehen würde – und sei es nur, um den Schein zu wahren –, wäre jedem außer der Schreiberin klar gewesen. Sie schloß mit zahlreichen besorgten Fragen nach der Schule und den Vereinbarungen, die dort für Allegra getroffen worden waren, und mit einem eher gemäßigten letzten Appell. »Ich beschwöre Dich, gib nach, damit wir beide ihretwegen unbesorgt sein können; damit ich nicht unter Angst und Gekränktsein leide und Du nicht unter dem Widerstreit zwischen Haß und Stolz in Deinem Herzen, den meine Bitten wachrufen. Ich weiß, Äußerungen von Zuneigung und Freundschaft erzürnen Dich nur, doch kann ich nicht umhin, Dir ebensoviel Glück zu wünschen, wie Du mir Leid zufügst. Dann wärest Du fürwahr gesegnet.«

Dieser Brief blieb unbeantwortet. Die darin enthaltenen Anschuldigungen scheinen Byron jedoch zum Teil nahegegangen zu sein, denn einige Wochen darauf nahm er in einem Brief an Hoppner indirekt darauf Bezug. »Der Ort ist eine *ländliche* Stadt mit guter Luft, wo sich eine große Erziehungseinrichtung befindet, in der viele Kinder, einige von bedeutendem Stand, untergebracht sind. Als ländliche Stadt gibt sie weniger Anlaß zu Bedenken jeglicher Art. Ich hatte stets den Eindruck, daß der Mangel an Moral in Italien nicht von der *klösterlichen* Erziehung herrührt – da die Kinder, wie ich sicher weiß, mit einer an *Ignoranz* grenzenden Arglosigkeit gegenüber der Unmoral aus ihren Klosterschulen kommen – sondern von dem Zustand der Gesellschaft, in die sie unmittelbar darauf hineingestoßen werden. Das ist, als ob man ein Kind auf einem Berggipfel erzieht, es aber dann an die See bringt, es hineinwirft und dann verlangt, daß es schwimmen soll.« An der Wahrheit dieser Beobachtungen hat sich in gewisser Hinsicht bis heute nichts geändert, doch bleibt zweifelhaft, ob Claire ihnen Glauben geschenkt hätte, selbst wenn der Inhalt dieses Briefes ihr von Hoppner mitgeteilt worden wäre. Shelley aber war noch immer von Byrons guten Absichten überzeugt. »Ich denke, ich habe Ihnen gegenüber bereits erwähnt, daß ich Claires Briefe an Sie nie zu sehen bekomme. Ich will gern glauben, daß sie einigermaßen herausfordernd und ihre Ansichten in bezug auf Allegra unvernünftig sind...

Wir sind uns vollkommen einig über die Notwendigkeit, sie unter den gegebenen Umständen in einem Kloster in Ihrer Nähe unterzubringen. Ich meine, Sie sollten Claires Widerstand, so sie Widerstand leistet, als Ergebnis einer irregeleiteten Mutterliebe betrachten, die unser Mitleid verdient und nicht unsere Verdammung.« Und in einem späteren Brief fügte er hinzu: »Unsere abgesonderte Lebensweise und meine weltferne Denkungsart waren für sie ganz und gar nicht geeignet und wahrscheinlich der Quell all ihrer Irrtümer.«

»Es ist ein gewisser Trost«, bemerkte Byron, »daß Mr. und Mrs. Shelley beide geschrieben und meine einstweilige Unterbringung des Kindes bei den Nonnen voll und ganz gutgeheißen haben. Seit mir das Kind geschickt wurde, habe ich es in meinem gesamten Verhalten weder an Fürsorge, Freundlichkeit noch Ausgaben fehlen lassen. Mögen die Leute sagen, was sie wollen, ich muß mich (in diesem Fall) damit zufrieden geben, daß ich es nicht verdiene, wenn sie übel über mich reden.« An Augusta jedoch schrieb er: »Meine Tochter habe ich einstweilen in einem Kloster untergebracht, damit sie ihre Ausbildung mit dem Lesen beginnt, wogegen sie eine gelehrte Abneigung hat, doch ist das Arrangement lediglich vorübergehend, bis ich einen Plan für sie fassen kann: wenn ich nach England zurückkehre, wird sie mich wahrscheinlich begleiten.«

Anfang April informierte er Shelley, daß »es dem Kind weiterhin gut geht, und die Berichte sind regelmäßig und günstig«; im Mai schrieb er an Hoppner: »Im Augenblick ist sie so glücklich da, wo sie ist, daß man ihr das *Alphabet* vielleicht lieber im Kloster vermitteln sollte«; und im Juli leitete er ein kleines Briefchen in Allegras Handschrift an Shelley weiter. »Was macht mein geliebter Papa? Mir geht es gut und ich bin so glücklich, daß ich meinem innig geliebten Papa nur danken kann, der mir so große Freundlichkeit erweist und weswegen ich seinen Segen erflehe. Seine Allegrina grüßt ihn von ganzem Herzen.«

Auch wenn dieses Briefchen eindeutig von den Nonnen diktiert wurde, erschien es Shelley beruhigend. »Ich bin entzückt, die Handschrift meiner kleinen Freundin zu sehen«, schrieb er. »Ich empfinde mehr und mehr, wie klug es von

Ihnen war, in dieser Angelegenheit Festigkeit zu zeigen, und ich zolle Ihnen um so mehr Beifall, da ich weiß, wie nachgiebig ich in Ihrem Fall gewesen wäre; und dabei sehe ich all die Übel, die aus Nachgiebigkeit entstanden wären, äußerst klar vor mir. Allegras Glück hängt an Ihrer Beständigkeit.«

Im gleichen Monat änderte eine unerwartete Entwicklung jedoch alle Pläne Byrons. Der Fehlschlag der revolutionären Bewegung in Neapel war auch das Ende des Aufstands der Carbonari in der Romagna, und es folgten Verhaftung oder Exil vieler bedeutender liberaler Familien. Darunter rangierten die Gambas – der Vater und der Bruder der Contessa Guniccioli – an erster Stelle, während man die jetzt von ihrem Ehemann getrennt lebende Contessa selbst, da sie nicht mehr den Schutz ihres Vaters genoß, in ein Kloster einzusperren drohte. Um diesem Schicksal zu entgehen, war sie überstürzt nach Florenz geflohen, und nun erwog Byron eine Übersiedlung in die Schweiz, wohin er die gesamte Familie Gamba, Allegra und mindestens acht Pferde mitnehmen wollte. »Allegra, sagt er, ist sehr hübsch geworden«, schrieb Shelley an Mary, »aber er klagt, sie habe ein hitziges und herrschsüchtiges Wesen. Er hat keineswegs die Absicht, sie in Italien zu lassen ... Die Contessa Guiccioli, sagt er, hat sie sehr ins Herz geschlossen; ich kann wahrlich nicht verstehen, warum sie sich nicht um sie kümmern sollte, wenn sie auch nach außen hin als seine Mätresse lebt.«

Anfang Juli hatte Shelley an Byron geschrieben und eher halbherzig einen späteren Besuch in Ravenna in Aussicht gestellt, doch sobald er von der Änderung von Byrons Plänen erfuhr, ließ ihn die Angst um Allegra unverzüglich dorthin aufbrechen. Dort zeigte ihm Byron gleich am ersten Abend Hoppners Brief vom vergangenen Jahr; und wiewohl er beteuerte, er habe nie ein Wort davon geglaubt, zeigte er sich doch entschlossen, Allegra von dem Einfluß der Shelleys wie auch ihrer Mutter fernzuhalten. Diese Entschlossenheit hinderte ihn nicht an dem Plan, sich selbst für den Winter in Pisa niederzulassen, doch Allegra wollte er nicht mitnehmen, da sie dort in Claires Nähe sein würde. In dem nachfolgenden Briefwechsel tritt Shelley unter allen, die Allegras kurzen Lebensweg beeinflußten, als der unvoreingenommenste, ergebenste und klügste Freund hervor, den sie je hatte. Byrons Eitelkeit und Selbstsucht – Claires leidenschaftlich besitzergreifende Liebe, ihre Voreingenommenheit und Eifersucht – Marys vielleicht natürliche Sorge, zuallererst für die Sicherheit ihrer eigenen kleinen Familie einzutreten – all diese widerstreitenden Gefühle trübten jede Liebe, die ihr von anderer Stelle zuteil wurde. Allein Shelley liebte sie, von den ersten Kindertagen an, mit einer Hingabe, die zärtlich und fürsorglich war und nie versiegte. Er konnte nicht aus Ravenna abreisen, ohne seine »kleine Una« gesehen zu haben, und so verdanken wir ihm eine anschauliche Darstellung des Kindes im Kloster, ein ebenso überzeugendes wie entzückendes Bild.

»Vor kurzem habe ich Allegra in ihrem Kloster besucht und bin etwa drei Stunden bei ihr geblieben. Sie ist groß und dünn geworden für ihr Alter, und ihr Gesicht hat sich etwas verändert. Die Züge sind feiner geworden, und sie ist viel blasser, wahrscheinlich eine Auswirkung falscher Ernährung. Die Schönheit ihrer tiefblauen Augen und des Mundes ist geblieben, aber sie hat einen nachdenklichen Ernst an sich, der im Verein mit der übermäßigen Lebhaftigkeit, die noch nicht von ihr gewichen ist, bei einem Kind sehr seltsam wirkt. Sie unterliegt einer sehr strengen Disziplin, was man an dem unverzüglichen Gehorsam erkennt, mit dem sie dem Willen ihrer Betreuerinnen entspricht. Zwar scheint dies ihrem Wesen zu widersprechen, dennoch glaube ich nicht, daß es auf den Einsatz großer Härte zurückzuführen ist. Ihre Haare, kaum dunkler als zuvor, sind wunderbar füllig und hängen ihr in langen Locken bis auf die Schultern herab. Sie war hübsch angezogen, in weißem Musselin und einer schwarzen Seidenschürze, mit langen Hosen. Ihre zarte Gestalt und ihre graziösen Bewegungen standen in einem auffallenden Gegensatz zu den anderen Kindern dort. Sie wirkte wie ein Wesen feinerer und höherer Art. Zuerst war sie sehr schüchtern, doch nach ein paar Liebkosungen und besonders, nachdem ich ihr eine goldene Kette schenkte, die ich in Ravenna für sie gekauft hatte, wurde sie zutraulicher und führte mich überall im Garten und im Kloster herum; dabei rannte und hüpfte sie so schnell, daß ich kaum folgen konnte. Sie zeigte mir ihr kleines Bett und den Stuhl, auf dem sie beim Abendessen saß und die *carrozzina*, in der sie und ihre Lieblingsgefährtinnen sich gegenseitig über einen Gartenweg zogen. Ich hatte ihr einen Korb mit Süßigkeiten mitgebracht, und ehe sie davon aß, gab sie ihren Gefährtinnen und allen Nonnen etwas ab. Dies sieht der alten Allegra gar nicht ähnlich. Ich fragte sie, was ich ihrer Mama von ihr ausrichten sollte, und sie sagte: ›*Che mi mandi un bacio ed un bel vestitino.*‹ – ›*E come vuoi il vestitino sia fatto?*‹ – ›*Tutto di seta e d'oro*‹, gab sie zur Antwort.* Eine Schwäche scheint mir vor allem ihre Überheblichkeit und Eitelkeit zu sein, doch sind dies Gewächse, die Gutes oder Böses hervorbringen, je nach dem Geschick des Gärtners. Dann fragte ich, was ich Papa ausrichten solle. ›*Che venga a farmi un visitino e che porti seco la mammina*‹**, eine Nachricht, die ich, wie sich leicht erraten läßt, taktvollerweise nicht überbrachte. Bevor ich ging, ließ sie mich im ganzen Kloster herumlaufen wie verrückt. Die Nonnen, die schon halbwegs zu Bett gegangen waren, mußten sich verstekken, und auf dem Rückweg fing Allegra an, die Glocke zu läuten, die die Nonnen zu ihren Versammlungen ruft. Die Sturmglocke des Klosters ertönte, und die Priorin mußte alles daransetzen, daß die Bräute Christi nicht dem gewohnten Signal folgten. Niemand schalt sie für diese *scappatine*, daher nehme ich an, daß man sie gut behandelt, soweit es ihr Naturell betrifft. Geistig wird sie nicht sehr gefördert. Sie kennt gewisse *orazioni* auswendig, redet und träumt vom Paradies und allen möglichen Dingen, und sie hatte ein ungeheures Register von Heiligen und redet ständig von dem *Bambino*. Das wird ihr nicht schaden, aber der Gedanke, daß ein so reizendes Geschöpf bis zum sechzehnten Lebensjahr inmitten dieses Unrats groß wird!«

* »Sie soll mir einen Kuß schicken und ein schönes Kleid.« – »Und woraus soll das Kleid gemacht sein?« – »Ganz aus Seide und Gold.«

** »Daß er mich besuchen kommt und Mama mitbringt.«

Die Tragödie

Caro il mio Pappa«, schrieb Allegra mit recht unsicherer Hand in der sorgfältigen, gestochenen Schrift, die die Nonnen ihr beibrachten, »*essendo tempo di fiera desidererei tanto una visita del mio Pappa, che ho molte voglie da levarmi*«.* Und auf der Rückseite desselben Briefes bat ihn die Mutter Oberin, die von Byrons bevorstehender Abreise erfahren hatte, dringend, seine Allegrina zu besuchen, damit er sehe, »*dove e come è collocata, e dirò pure, quanto è amata*«.** Doch Byron fand den Brief seiner Tochter »nicht sehr schmeichelhaft – denn sie will mich sehen, weil Jahrmarkt ist, damit sie väterlichen Pfefferkuchen bekommt«.*** Selbst bei einem fünfjährigen Kind konnte er nicht auf Schmeicheleien verzichten. Ende Oktober reiste er aus Ravenna ab, ohne auch nur ein einziges Mal die Schule besucht zu haben, die nur zwölf Meilen entfernt lag, und bezog mit seiner Mätresse, seiner Bulldogge und einem Weidenkorb voller Mastgänse den Palazzo Lanfranchi in Pisa. Allegra bekam höchstwahrscheinlich keinen Pfefferkuchen zu ihrem Feiertag.

Während dieser ganzen Zeit, da Byron in der Toskana erwartet wurde, harrte Claire sehnsüchtig in Leghorn [Livorno]

* »Da nun Jahrmarktszeit ist, würde ich mich so sehr über einen Besuch von meinem Papa freuen, weil ich viele Wünsche zu erfüllen habe.«

** »Wo und wie sie untergebracht ist, und lassen Sie mich hinzufügen, wie sehr sie geliebt wird.«

*** Byrons Kommentar an Scott, quer über die Seite des Briefes der Mutter Oberin geschrieben, lautet: »A propos Episteln, ich lege Ihnen zwei bei – eine von der Priorin des Klosters – und die andere von meiner Tochter, ihrer Schülerin – diese ist recht aufrichtig, aber nicht sehr schmeichelhaft – denn sie will mich sehen, weil ›Jahrmarkt ist‹ – damit sie väterlichen Pfefferkuchen bekommt – nehme ich an.« 28. September 1821, Pierpont Morgan Library, New York aus und hoffte verzweifelt, er werde vielleicht Allegra mitbringen. Ihr Tagebuch macht die Heftigkeit ihrer Sehnsucht nach dem Kind und ihre ständige Besorgnis auf rührende Weise deutlich:

> 21. April 1821. Heute nacht habe ich geträumt, daß Tatty [Mr. Tighe] in Bagnacavallo war und mir bei seiner Rückkehr Allegra mitbrachte. Er sagte, Mr. Hobhouse sei in Ravenna, habe sich aber nicht einmischen wollen. Eine Miss O'Neill dort habe Albè [Byron] bedroht, der daraufhin Allegra erlaubte, zu mir auf Besuch zu kommen. Ich sagte hocherfreut zu Shelley: »Jetzt geht sie nie mehr zurück!«... 6. Juni 1821. Mittwoch gegen Morgen hatte ich einen äußerst bedrückenden Traum – ich erhielt einen Brief, in dem stand, Allegra sei krank und werde wahrscheinlich nicht überleben. Ich empfand so entsetzlichen Kummer, daß das Erwachen mir als das köstlichste Wohlgefühl der Welt erschien. Gerade so muß, glaube ich, die erschöpfte Seele empfinden, wenn sie sich im Paradiese sieht, befreit von der bebenden Qual der Welt.

Claires Haß auf Byron war jetzt zu einer wahren Obsession geworden. Er ließ ihr nachts keine Ruhe und fand seinen Ausdruck in ihrem Tagebuch sowie in Aufzeichnungen für eine beabsichtigte Satire, die den Titel »Ratschläge für Don Juan« tragen sollte. »Dein Wille wird zur Raserei gebracht«, beginnt ein Eintrag, »da er bislang nach Belieben schalten und walten durfte, und Du findest Deine niederträchtige Freude daran, mich zu quälen, den einzigen Menschen, dem Du zusetzen kannst... Doch hat Dir die Natur schon bei der Geburt ihr Warnzeichen aufgeprägt, und ich, die ich darauf nicht achtete, bin durch eigene Blindheit zu Fall gekommen.« Ihre Obsession rührte zum Teil von der Überzeugung, Allegra müsse zwangsläufig leiden, wenn sie bei ihrem Vater blieb, da ihr Wesen von seinem grundverschieden war. »Mein Kind erbt gewißlich ein Wesen, an welchem seines keinen Anteil hat: nichts als Zwietracht könnte aus zwei so gegensätzlichen Veranlagungen entstehen – daher habe ich alles daran gesetzt, sie zu trennen, auf daß sie zu ihrem

Ursprung zurückkehrt und Frieden findet, indem sie bei Ihresgleichen lebt.«*

Die Monate vergingen, noch immer zögerte Byron – und als er im November dann endlich kam, war Allegra nicht bei ihm. Claires Kummer war so groß, daß sie ihren Freund Mr. Tighe, Lady Mountcashells Gatten,** dazu überreden konnte, in die Romagna zu reisen und Erkundigungen über Allegras Kloster einzuziehen.

Sein Bericht war erschütternd. Das Gebiet um Bagnacavallo, sagte er, werde in periodischen Abständen von einem Fieber (vermutlich Malaria) aus den umliegenden Sümpfen heimgesucht, und die Schule werde lediglich von den Kindern kleiner Händlersleute besucht. (Dies war falsch, wie wir wissen.) Darüber hinaus seien die Nonnen so arm, daß die Ernährung unzureichend sei, und im Winter gebe es kein Feuer.*** »Welche Schmerzensqualen litt ich im Winter '21«, schrieb Claire, »als ich ein helles Feuer sah und Menschen und Kinder, die sich daran wärmten, aber gleichzeitig wußte, mein Liebling sieht und spürt nie einen fröhlichen Feuerschein!«

Wieder schrieb sie an Byron, wobei sie, wie sie versicherte »kein Wort des Vorwurfs« gebrauchte, und bat ihn, das Kind

* Unveröffentlichte Auszüge aus Claires Notizbüchern, veröffentlicht von Lorraine Robertson in *The Keats-Shelley Memorial Bulletin*, Rom 1952

** Lady Mountcashell – deren Garten, »ein Ort, so wenig poetisch, wie man sich nur vorstellen mag«, als Schauplatz von Shelleys *Sensitive Plant* diente – war einige Jahre zuvor mit einem Mr. Tighe aus Irland durchgebrannt, und nun lebten sie als Mr. und Mrs. Mason in Pisa. Sie zeigten sich sehr freundlich gegen Claire und die Shelleys, da Marys Mutter, Mary Wollstonecraft, Lady Mountcashells Gouvernante gewesen war.

*** Diese Darstellung sollte mit Vorsicht aufgenommen werden, da wir sie nur durch Claire kennen. In späteren Jahren schmückte ihre lebhafte Phantasie sie mit folgenden Einzelheiten aus: »Die Kapuzinernonnen ... sind ein ausgesprochener Bettelorden und *müssen von Almosen leben* ... Einmal in der Woche geißeln sie sich um Mitternacht in ihrer Kapelle mit einer Eisenkette, sie rühren nie Fleisch an, die Winter in der Romagna sind äußerst streng, doch ist in dem Kloster kein Feuer gestattet, außer dem, welches notwendig ist, um bisweilen etwas Suppe zu kochen. Und das Gebäude entspricht natürlich der Strenge des Ordens und ist finster wie ein Gefängnis.« Nachlaß Claire Clairmont im Besitz von H. Buxton Forman †, veröffentlicht in R. Glynn Grylls, *Claire Clairmont*, Appendix C.

bei einer Familie in der Toskana unterzubringen. Wenn das geschehe, versprach sie, werde sie nicht versuchen, das Kind ohne seine Einwilligung zu sehen. Es kam keine Antwort. Einen Monat später schrieb sie erneut. Noch immer keine Antwort. Im Februar endlich, als Byron durch den Tod der Lady Noel ein beträchtliches Vermögen geerbt hatte, sandte Claire ihm einen letzten, verzweifelten Brief, in dem sie nicht einmal mehr bat, Allegra aus dem Kloster zu nehmen, sondern nur noch demütig um die Erlaubnis flehte, sie dort besuchen zu dürfen.

> Ich versichere Dir, ich kann mich des unerklärlichen Gefühls in meinem Inneren nicht länger erwehren, das mich verfolgt und mir sagt, ich werde sie nie mehr wiedersehen. Ich beschwöre Dich, dieses Gefühl zu zerstören, indem Du mir gestattest, sie zu besuchen. Im Herbst habe ich nach all Deinen Versicherungen zwei Monate lang in der Erwartung ausgeharrt, sie jede Woche zu sehen, und als Du dies unvermutet nicht mehr zulassen wolltest, überkam mich eine schwermütige Furchtsamkeit, die seither nie vergangen ist... Ich habe Shelley oft flehentlich gebeten, sich für mich zu verwenden, und er antwortet mir stets, das sei vollkommen nutzlos. Es mangelt mir nicht an Stolz, doch tritt vor dem Ausmaß meines gegenwärtigen Elends, das sich täglich mehr zur Verzweiflung auswächst, alles zurück und bewegt mich dazu, mich dennoch in der Hoffnung auf eine Linderung meiner Not an Dich zu wenden...
>
> Binnen kurzem werde ich Italien verlassen und in ein neues Land ziehen, um dort eine mißliebige und unsichere Lebensbahn einzuschlagen* ...doch kann ich wahrlich nicht reisen, ohne vorher Allegra gesehen und in die Arme geschlossen zu haben.
>
> Das Wetter ist schön, der Weg über den Apennin ganz frei und sicher. Das Wann und Wo unseres Treffens soll

* Auf den Rat von Lady Mountcashell hin beabsichtigte Claire, zu ihrem Bruder Charles nach Wien zu reisen, wo es ihm zufolge Bedarf an englischen Gouvernanten gab.

ganz in Deinem Belieben stehen und mit jeglicher Beschränkung und Zurückhaltung, die Du um Allegras willen für notwendig erachten magst. Wenn Du ablehnst, werde ich vollends der Verzweiflung anheimfallen; doch wahrlich, wenn Dein Verstand, mein lieber Freund, sich nicht dazu bewegen läßt, das Verhalten zu ändern, das Du bislang in allem, was Allegra betrifft, mir gegenüber an den Tag gelegt hast, dann wäre ich besser tot. So würde ich all dem Leid entgehen, das Deine Schroffheit mir zufügt... Mein lieber Freund, ich beschwöre Dich, laß mir die Welt nicht so finster werden, als sei meine Allegra tot.

Als diesem mitleiderregenden Brief kein besseres Schicksal zuteil wurde als den anderen, erreichte die Woge der Entrüstung bei Claires Freunden den Gipfel, und nicht einmal Shelley konnte den Abscheu bezwingen, den Byrons Hartherzigkeit bei ihm erregte. Er selbst hatte vor kurzem einen Versuch unternommen, bei Byron ein gewisses Mitgefühl für sie zu wecken, doch vergebens. »Byron antwortete nur mit einem ungeduldigen Achselzucken und dem Ausruf, Frauen könnten nicht leben, ohne Szenen zu machen. Er hatte das Kloster nie gesehen und gestand sogar ein, daß er keinerlei Erkundigungen darüber eingeholt habe, ob meine Darstellung der Wahrheit entsprach oder nicht.« Claire gibt hier den Bericht einer jungen Frau namens Elizabeth Parker wieder, die in Pisa bei den mit ihr befreundeten Tighes lebte und diese Unterhaltung daher von Shelley persönlich geschildert bekommen hatte. »Ich hatte ihn [Shelley] nie zuvor in heftiger Erregung gesehen«, schrieb Elizabeth an Claire. »Doch gestern abend war er offenbar außer sich vor Wut... Mr. Shelley erklärte Lady Mountcashell gegenüber, er hätte Lord Byron mit Vergnügen niederschlagen können, denn als er erwähnte, Sie seien vor Sorge um die Gesundheit des Kindes halb von Sinnen, sah er in Lord Byrons Miene eine hämische Genugtuung aufglimmen. ›Ich sah seinen Blick‹, sagte Mr. Shelley, ›ich verstand, was er besagte, ich verachtete ihn und ging fort.‹«*

* Dowden veröffentlicht diesen Bericht mit dem Hinweis, er sei mit

In den vergangenen Monaten hatte Shelley Byron täglich gesehen und war zu der Meinung gelangt, eine Fortsetzung der Freundschaft zu ihm sei unmöglich. »Es ist von entscheidender Bedeutung«, ließ er Claire wissen, »für mich und Dich und selbst für Allegra, daß ich unter meinen vertrauten Umgang mit Lord Byron einen Schlußstrich ziehe, und zwar ohne *éclat*. Kein Ehrgefühl oder Gerechtigkeitsempfinden hält ihn (wie ich stark vermute) von den gemeinsten Anspielungen zurück.« Doch Claire war mittlerweile verzweifelt. Um Allegra zu retten, so meinte sie, sei jedes Mittel recht, und ihre Freunde in Pisa gossen noch Öl ins Feuer. »Nichts«, sagte Elizabeth, »außer Lord Byrons Tod würde das Kind befreien«, und wenn sie seine Mutter wäre, würde sie ihn erdolchen oder erschießen.

Phantastische Pläne zu einer Entführung Allegras begannen Claires Vorstellungswelt immer mehr zu beherrschen, doch aus Marys Briefen sprach die Stimme der Vernunft. »Niemand«, schrieb sie, »kann vollständiger mit Dir darüber übereinstimmen als ich, daß Allegra so bald wie möglich einem Menschen aus den Händen genommen werden sollte, der ebenso unbarmherzig wie gewissenlos ist. Doch will mir zugleich scheinen, daß dies im gegenwärtigen Moment gerade am allerschwierigsten ist. Die Zeit kann diese Schwierigkeiten nicht vermehren, denn sie können niemals größer sein. Erlaube, daß ich Dir einige aufzähle, die dem gegenwärtigen Moment eigen sind. Allegra befindet sich in einem Kloster, wo es so gut wie unmöglich ist, sie herauszuholen; sie ist von hohen Mauern und verriegelten Türen und, vor allem anderen, von dem geregelten Tagesablauf eines Klosters eingeschlossen, der ihr nie gestattet, vor seine Tore zu treten, was zur Folge hätte, daß sie umgehend vermißt würde. Doch solltest Du all diese Dinge in Deinem Plan bedacht haben, so gehe ich zu anderen Einwänden über. Auf Deinen Wunsch hin drängte Shelley Lord Byron, sie aus dem Kloster zu nehmen, und dies scheint ihn in höchstem Maße erzürnt zu haben. Er schwor, solltest Du ihn behelligen, werde er Allegra in einem

Vorsicht aufzunehmen, da Elizabeth Parkers Brief nur in Claires Abschrift vorliegt. Er ist allerdings sehr überzeugend.

geheimen Kloster unterbringen; er erklärte, Du solltest nichts mit ihr zu tun haben, und er werde Himmel und Hölle in Bewegung setzen, um Deine Einmischung zu verhindern. Lord Byron verfügt gegenwärtig über Zwölf oder Fünfzehntausend pro Jahr, er ist an Ort und Stelle, ist ein Mensch, den es nicht kümmert, was er anderen Übles zufügt, und bis zur Verzweiflung hartnäckig bei der Verfolgung seiner Pläne oder seiner Rache. Was würdest Du also tun, hättest Du Allegra außerhalb der Klostermauern? Würdest Du nach Amerika gehen? Das Geld haben wir nicht, und anscheinend ist das auch nicht Dein Vorhaben. Wahrscheinlich möchtest Du Dich irgendwo verbergen. Aber Lord Byron würde jedes Mittel einsetzen, Dich ausfindig zu machen...«

Eine sichere Folge eines Entführungsversuches wäre – wie Mary hervorhob – ein Duell zwischen Shelley und Byron, wozu »Du Dir das Bild in Deiner eigenen Phantasie ausmalen kannst«. Und andererseits könnten sich, so machte sie geltend, die Dinge zum Besseren wenden. Lord Byron könnte nach England ziehen; es war sogar möglich (hier war Mary wohl übertrieben hoffnungsvoll), daß er sich wieder mit seiner Frau aussöhnte und dann froh wäre, Allegra loszuwerden. »Nichts bleibt, wie es ist, vielleicht geschieht etwas – schlimmer kann es nicht werden.«

Weiter führte Mary Claire einen Umstand vor Augen, der besonders dazu angetan war, Eindruck auf sie zu machen, – daß nämlich der Frühling ihnen unfehlbar Unglück brachte. Jeweils im Frühjahr war Marys erstes Baby gestorben, hatte Claire Byron kennengelernt, war William in Rom gestorben, hatte ihr Diener Paolo sie erpreßt, war Shelley Emilia Viviani verfallen. Andererseits war »der Anblick des herbstlichen Himmels uns mit wenigen Ausnahmen günstig«. Dieses Argument war, gerade weil es sich nicht auf Vernunft gründete, so geartet, daß es für Claire Gewicht hatte. Außerdem ergänzte Shelley seine Sicht der Dinge und teilte ihr mit, Byron sei in bezug auf Allegra noch immer »auf dem *qui vive*« und wolle nichts in Betracht ziehen, was man für ihr Wohlergehen vorzuschlagen habe. »Mir scheint, Du kannst auf nichts als die Zeit, den Zufall und den Wandel vertrauen. Der Himmel weiß, wie gern ich jedwedes nur mögliche Opfer bringen würde, wenn es nur Deinen Wünschen in bezug auf sie förderlich sein könnte. Es zerreißt mir das Herz, wenn ich denke, daß alle Opfer nun vergebens sind. Mary teilt meine Gefühle, aber ich kann nicht weiterschreiben. Meine Gefühle überwältigen mich ganz und gar.«

Doch Claire, von einem blinden Instinkt, einer quälenden Furcht getrieben, gegen die sie nicht ankämpfen konnte, schmiedete weiterhin verzweifelte Pläne zu Allegras Rettung. »Ich weiß nicht«, schrieb Shelley wieder am 20. März, »was ich von Deiner Gemütslage halten und ob ich um Dich fürchten soll. Dein neuester Plan bezüglich Allegras erscheint mir in seiner gegenwärtigen Form von nicht wiedergutzumachender Niedertracht durchdrungen gegen alle, die darin eine Rolle spielen, mit Ausnahme Deiner selbst... Ich sage das, weil ich über die unbekümmerte Gewaltsamkeit Deiner Absichten entsetzt bin, und ich möchte keinen Hehl daraus machen, wie stark ich ihre Unzulänglichkeit empfinde... Wenn Du meinem Rate folgst, wirst Du diese müßige Schattenjagd aufgeben, Dich auf die Jahreszeit einstimmen und im täglichen liebevollen Umgang mit Freunden Erholung von diesen ewigen und ärgerlichen Vorhaben suchen. Lebe in den Tag hinein, achte auf Deine Gesundheit, pflege bis zu einem gewissen Grad die Literatur und die liberalen Ideen, aber überlasse der Zeit und dem Wandel, was eigenes Bemühen Dir nie verschaffen kann. Bei ernsthafter und ruhiger Überlegung bin ich zu der Überzeugung gelangt, daß Du Allegra mit solchen Mitteln, wie Du sie in letzter Zeit ersonnen hast, oder jeglichen sonst zu ersinnenden Mitteln nie bekommen wirst. Lord Byron ist unerbittlich, und Du unterstehst seiner Macht. Denke daran, Claire, wie Du meinen eindringlichen Rat zurückgewiesen und mir damals in Mailand mit einer Verachtung, wie ich sie von Dir nie verdiente, Einhalt geboten hast, und wie eitel ist jetzt Deine Reue! Dies ist das zweite meiner Sibyllinischen Bücher; wenn Du bis zum dritten wartest, wird es vielleicht zu einem noch höheren Preis erkauft werden.«

So schrieb Shelley – maßvoll, vernünftig, aufrichtig auf Claires Wohlergehen bedacht. Doch das dritte »Sibyllinische Buch« war nie erforderlich; der höchste Preis war bereits bezahlt. Vom Datum dieses Briefes an war noch kein Monat vergangen, als die Shelleys erfuhren, daß die kleine Allegra tot war.

Über die Umstände, die ihrem Tod vorausgingen, wissen wir sehr wenig. Marys Tagebuch hält das Ereignis in nur zwei Worten fest: »Schlimme Nachrichten.« Doch später verfaßte sie eine ausführlichere und höchst fehlerhafte Darstellung. »Sie starb an einem Fleckfieber, das schon seit längerem in der Romagna wütete, doch niemand hatte uns davon geschrieben. Sie hatte keine Freunde außer den Nonnen aus dem Kloster, die wohl nett zu ihr waren – aber man kennt ja die Italiener. Selbst wenn jemand im Kloster an der Seuche gestorben wäre, hätten sie nie geschrieben, um sie abholen zu lassen, und so fiel das arme Kind ihr zum Opfer.«

Wie ungerecht diese Darstellung ist, geht aus einer ganzen Reihe von Briefen an Byron und seinen Verwalter Lega Zambelli hervor, die sowohl von der Mutter Oberin des Klosters, Suor Marianna Fabbri, als auch von Pellegrino Ghigi, dessen eigene Tochter gleichfalls dort Schülerin war, während der Krankheit des Kindes geschrieben wurden. Wie die Krankheit begann, wissen wir nicht. Ein Bericht deutet darauf hin, daß zwei Nonnen »ein Fieber« in das Kloster eingeschleppt hatten, als sie von einer Betteltour in den Apennin zurückkehrten, aber es kann auch gut aus dem Krankenhaus eingetragen worden sein, oder Allegra hat es sich vielleicht durch das Trinkwasser, die Milch oder rohen Salat geholt. Möglicherweise war es auch kein Typhus, sondern ein akuter Anfall der Ruhr, an der sie schon früher einmal gelitten hatte und die zu einer Lungenstauung führte. Wir können nur Vermutungen anstellen. Anscheinend wurde sie mit Sorgfalt, Liebe und außerordentlich geringem medizinischem Sachverstand gepflegt; doch hätte sie größeren gefunden, wäre sie bei den Shelleys gewesen? Den Briefen zufolge gaben die ersten Stadien ihrer Krankheit keinerlei Anlaß zur Sorge. Es begann Anfang April mit »einem einfachen Fieber, sehr leicht«. Einige Tage später erfahren wir von einem »leichten Rückfall«, und daß man den einheimischen Arzt, Dr. Rasi, gerufen hatte. Er diagnostizierte am 13. April »einen beginnenden Brustanfall«, zog einen fachärztlichen Berater, Dr. Berardi, hinzu und ließ sie zur Ader. All dies wurde Byron sofort brieflich mitgeteilt, der anscheinend nie daran gedacht hat, sich selbst zu dem Kind zu begeben oder auch nur den Arzt seines Vertrauens in Venedig, Aglietti, hinzuzuziehen. Die einheimischen Ärzte setzten die Patientin auf eine strenge Milch-und-Wasser-Diät, was zu dem verbreiteten (und selbstverständlich unbegründeten) Gerücht Anlaß gab, man habe sie verhungern lassen – geschwächt hat es sie allerdings mit Sicherheit. Um die Mitte des Monats ging Ghigi sie besuchen und fand sie auf dem Wege der Besserung. »Sie wollte reden und bat mich, ihr weichen Käse mitzubringen, den sie sich sehr wünschte, und die zwei Doktoren und die Nonnen standen in einem schönen Zimmer alle um ihr Bettchen herum. Wenn etwas zu bemängeln ist«, fügte er hinzu, »so die übermäßige Pflege.«*

Mitte des Monats wurde sie wieder zur Ader gelassen und außerdem geschröpft. »Die Unpäßlichkeit von *Madamigella Allegrina*«, schrieb Suor Marianna an Byron, »hat sich gebessert, und die Entzündung, die das reizende Kind gefährdete, ist überstanden.« Doch am 20. gab Ghigi zu, auch wenn es jetzt »gute Hoffnung« gebe, sei sie »sehr krank, sehr gefährlich krank gewesen«. Am selben Tag schrieb Suor Marianna: »*Madamigella* ist noch immer in Gefahr. Mein Kummer und der aller Nonnen ist sehr groß. Wir hören nie auf, den Himmel um die Genesung eines so innig geliebten Kindchens anzuflehen.«**

Erinnerte sie sich in den ersten Tagen ihrer Krankheit an das andere Fieber, von dem der Papa sie in Venedig mit so furchtbar bitterer Arznei geheilt hatte? Als man ihr sagte, daß die Nonne an ihn schrieb, sandte sie ihm »viele, ganz viele Grüße«, doch jetzt hielten ihr Suor Marianna und Suor Fedele den Becher zum Trinken und legten ihr heiße Kompressen auf die glühende Stirn. Am Abend des 19. schrieb Suor Marianna: »Noch hoffen wir«, doch am nächsten Morgen bei Sonnenaufgang sah man das geistige Oberhaupt des Klosters,

* Alle Briefe Pellegrino Ghigis über Allegras Krankheit befinden sich im Britischen Museum, Add. MSS 217873, im Nachlaß Lega Zambelli.
** Suor Marianna Fabbri an Byron, 16. und 20. April 1820. Britisches Museum, Add. MSS 47873

Padre Vincenzo Fabbri, zu dem Zimmer des Kindes rennen. Eine Nonne sprach ihn im Vorübergehen an, doch er rief: »Ich kann nicht warten!« Er eilte, um Allegra zu taufen, auf daß »ihre wahrhaft katholische, fromme und inbrünstige Seele geradewegs ins Paradies fliege«.* Suor Marianna kniete neben dem kranken Kind nieder; die Nonnen scharten sich um sie, schüttelten den Kopf und weinten ein wenig. Dann knieten sie eine nach der anderen neben dem kleinen Bettchen nieder, und rhythmisches Gebetsgemurmel erfüllte den Raum. Mit fünf Jahren und drei Monaten war Allegras kurzes Leben beendet.

»Nur fünf Jahre alt, *poverina*«, sagten die weinenden Nonnen. Doch welch Reichtum des Lebens war in jener kurzen Zeitspanne an Allegra vorübergeflossen – wie abwechslungsreich, wie aufregend, wie unbegreiflich war dieses Leben! »Und sahest du einst Shelley gar?« In der Tat, sie hatte ihn gesehen. Mit ihm, »einem Löwen gegen Klein-Una«, war sie einst nach Italien abgereist; mit ihm hatte sie in den Weinbergen zu Este gespielt; mit ihm hatte sie in den langen Klostergängen getanzt und geschrien und über den Anblick der hin und her rennenden Nonnen gelacht. Wenn es einen Menschen gab, den sie jetzt um sich haben wollte, so muß er es gewesen sein – der einzige Mensch, der unfehlbar Trost und Freundlichkeit in ihr seltsames, unstetes, unverstandenes kleines Leben gebracht hatte. Ja, sie war verwirrend gewesen, die Welt, wie sie sie kennengelernt hatte, eine Welt, in der es ein gewaltige, launische Gestalt gab, die Papa hieß, eine Mama, die kam und ging, die sie küßte und allzu fest an sich drückte, die spröde, säuerliche Mrs. Hoppner, die laute Fornarina und die hübsche Teresa, die maskierten Gestalten beim Karneval in Ravenna und schließlich die stillen, strengen, sanften Kapuzinernonnen. Nun waren nur noch sie geblieben.

* Die Geschichte von Allegras Taufe stammt aus einem Brief von Suor Maria Crocifissa di Gesù an Prof. Biondi vom 27. Juli 1899, dem der Taufschein beigelegt ist. Emilio Biondi, *La Figlia di Lord Byron*.

Danach

Allegra war am 21. April 1822 gestorben. Ghigi schickte sofort einen Boten zu Lega Zambelli in Pisa, doch es war Teresa, die Byron die Nachricht überbrachte. »Seine erste Frage«, berichtete sie später, »galt dem Kurier, den er nach Neuigkeiten von seiner Tochter ausgesandt hatte und dessen Ausbleiben ihn beunruhigte. Nach einem Moment der Ungewißheit nahm ich ihm, mit aller Vorsicht, die mein eigener Schmerz mir nahelegte, jede Hoffnung auf eine Genesung des Kindes. ›Ich verstehe‹, sagte er, ›das ist genug – sage nichts weiter.‹ Eine Totenblässe breitete sich über sein Gesicht, die Kräfte verließen ihn, und er sank auf einen Stuhl. Sein Blick war starr und seine Miene so, daß ich um seinen Verstand zu bangen begann; er vergoß keine Träne; sein Antlitz verriet einen so hoffnungslosen, so tiefen, so erhabenen Schmerz, daß er in dem Moment wie ein übermenschliches Wesen erschien... Er wünschte, allein zu sein, und ich sah mich genötigt, zu gehen. Am folgenden Morgen fand ich ihn ruhiger, und ein Ausdruck frommer Ergebenheit lag auf seinen Zügen. ›Ihr ist mehr Glück beschieden als uns‹, sagte er, ›überdies hätte ihre Stellung in der Welt ihr kaum gestattet, glücklich zu sein. Es ist Gottes Wille – sprechen wir nicht mehr davon.‹«

»So tiefer, so erhabener Schmerz«, sagt die Contessa, und hier können wir unsere Bedenken nicht verhehlen. Doch daß Byrons Kummer echt war, läßt sich nicht bezweifeln. Egoisten sind nicht weniger leidensfähig als andere Menschen; in der Tat hat ihre Pein oft einen ganz eigenen Stachel, quält sie doch die verletzte Eigenliebe. Byron hatte Allegra geliebt, wie viele Männer ihre Kinder lieben – als Ebenbilder ihrer selbst –, und mit ihrem Tod war ein Teil seiner selbst, ein Teil seiner eigenen Zukunft zunichte geworden. »Lord Byron hat den Verlust anfangs sehr bitter empfunden«, berichtete Mary Mrs. Gisborne. »Auch empfand er Reue, denn er spürte, daß er den Ratschlägen und Wünschen aller zuwider gehandelt hatte, und der Tod hatte Claires vielfältige und oft vorgebrachte Prophezeiungen, die Luft der Romagna werde ihr im Verein mit der Unwissenheit der Italiener zum Verhängnis werden, mit dem Stempel der Wahrheit versehen.« Ob Byron wahrhaftig so empfand, ist zweifelhaft; und wenn ja, ob man es Reue nennen kann.

An Shelley schrieb er vier Tage nach dem Ereignis: »Der Schlag war unerwartet und betäubend, denn ich hielt die Gefahr aufgrund des langen Abstandes zwischen der mir gemeldeten Genesung und dem Eintreffen des Eilboten für gebannt. Aber ich habe es getragen, so gut ich kann, und soweit mit Erfolg, daß ich mich den üblichen Geschäften des Lebens mit dem selben und vielleicht sogar größerem Anschein von Fassung widmen kann... Ich wüßte nicht, daß ich mir etwas in meinem Verhalten und mit Gewißheit nichts in meinen Gefühlen und Absichten der Verstorbenen gegenüber vorzuwerfen habe. Aber es ist ein Augenblick, in dem wir geneigt sind zu glauben, wenn dieses oder jenes getan worden wäre, hätte das Ereignis verhindert werden können – wenn auch jeder Tag und jede Stunde uns zeigt, daß es etwas höchst Natürliches und Unausweichliches ist. Ich nehme an, die Zeit wird ihr gewöhnliches Werk tun – der Tod hat das seine getan.«

In dem seltsamen Gemisch von Byrons Gefühlen für Allegra – Schuldbewußtsein und Dreistigkeit, Zuneigung und Unduldsamkeit – war auch Groll wegen des anderen Kindes, das er niemals sehen konnte. Allegra, der kleine Bastard, fuhr in seiner Kutsche und saß auf seinem Schoß; doch Adas Geburtstag vermerkte er in seinem Tagebuch, und von ihr sprach er ständig. Erst ihr Tod verschaffte Allegra einen Platz in seiner Vorstellungswelt, die für ihn so viel realer war als die greifbare Welt; erst dadurch erlangte sie für ihn – für kurze Zeit – Realität.

Das hat, so nehme ich an, Byron wohl gemeint, als er drei Jahre später zu Lady Blessington sagte, wie bei allen Dichtern sei bei ihm die Vorstellungskraft von größerer Wärme erfüllt als das Herz. »Das ist unser Unglück, doch nicht unsere Schuld, und wir büßen es teuer; denn so werden wir unfähig zum Mitleid und können nicht durch Anteilnahme die Schmerzen erleichtern, die wir anderen zufügen... Doch laß den Gegenstand der Zuneigung vom Tod hinweggerafft werden, wie wird da aller Schmerz, den wir ihm je zugefügt haben, gerächt! Die gleiche Vorstellungskraft, die uns ihr Leiden geringachten oder nicht wahrnehmen ließ, verstärkt nun, da sie uns für immer verloren sind, ihre schätzenswerten Eigenschaften und macht die Zuneigung, die wir ihnen je entgegenbrachten, zehnfach größer.

›Oh! what are thousand living loves,
To that which cannot quit the dead?‹*

Wie habe ich das empfunden, als meine Tochter Allegra starb! Während sie lebte, schien ihr Dasein mir nie zu meinem Glück notwendig; kaum hatte ich sie aber verloren, da war mir, als könne ich nicht leben ohne sie. Selbst jetzt ist die Erinnerung höchst bitter.«

Als die Shelleys die tragische Nachricht erhielten, war Claire mit den befreundeten Williams in La Spezia auf der Suche nach einem Haus für den Sommer. Bei der Rückkehr zwei Tage später vermerkte Williams in seinem Tagebuch: »Shelley getroffen; sein Gesicht verriet seine Gefühle.« Da Byron noch im nahen Palazzo Lanfranchi weilte, wagten sie nicht, Claire die Schreckensnachricht sofort zu eröffnen. Sie schickten sie – die noch nichts von der Tragödie ahnte – so bald wie möglich in Begleitung von Mary und Trelawny nach Lerici, wohin Shelley wenige Tage später mit den Williams nachfolgte. Während dieser gesamten Zeit wurde Claire in Unkenntnis gelassen, da ihre Freunde sich offenbar nicht dazu durchringen konnten, ihr den furchtbaren Schlag zu versetzen. Doch eines stürmischen Abends, als der Wind vor den Fenstern heulte und die Brandung gegen die Felsen schlug, erfuhr Claire in dem kahlen, weißgetünchten Haus an der Kü-

* »Oh! Was ist tausendfach lebendige Liebe / Gegen die, die nicht von den Toten lassen kann?«

ste schließlich die Wahrheit. Die Shelleys und Trelawny hatten sich in Jane Williams' Zimmer zurückgezogen und besprachen dort, was am besten zu tun sei, da erkannte Claire, die plötzlich eintrat und ihre Verwirrung sah, in einem einzigen gräßlich-gleißenden Augenblick, was sie vor ihr verborgen hielten. Das Übrige erzählte ihr Shelley.

An Byron schrieb Shelley am nächsten Tag: »Ich will Ihnen ihren Kummer nicht schildern; Sie haben bereits zu viel gelitten; und in der Tat ist das einzige Anliegen dieses Briefes, Ihnen ihre letzten Wünsche zu übermitteln, was ich, so bedrückend einer von ihnen auch ist, doch nicht ablehnen konnte, und die Sie gewiß bereitwillig gewähren. Sie möchte den Sarg sehen, bevor er nach England gesandt wird, und ich habe mir erlaubt, ihr zu versichern, daß dieser Trost – denn das ist es für sie – ihr nicht verwehrt werden wird. Das sollte besser in Leghorn geschehen als in Pisa, aus vielerlei Gründen; Sie können mir mitteilen, an welchem Tag genau die Einsegnung dort stattfindet, und uns so einen unnötigen Verzug unserer Reise ersparen, auf der ich kaum weniger leiden werde als Claire. Sie wünscht sich weiter, daß Sie ihr ein Porträt von Allegra schenken und, sofern sie eine besitzen, eine Locke von ihrem Haar, wie klein auch immer. Darf ich Sie bitten – wenn Sie das für angebracht halten – das Porträt und das Haar durch den Überbringer dieses Briefes zu senden; alles, so geringfügig es sein mag, kann einem so maßlosen Kummer wie dem ihren zugleich Nahrung und Zerstreuung sein.« Lord Byron gewährte beide Wünsche; das Porträt behielt Claire bis zu ihrem Tode – es war alles, was ihr von Allegra geblieben war.

Einige Tage später bestätigte ein zweiter Brief von Shelley das Eintreffen des Porträts und des Haars. »Es ist mir gelungen«, schrieb er, »Claire das düstere Vorhaben auszureden, sich in Leghorn den Sarg anzusehen, was meiner eigenen körperlich und geistig zerrütteten Verfassung sehr zugute kommt, die sehr gelitten hätte, wenn ich sie auf einer solchen Reise begleiten müßte. Es geht ihr viel besser; tatsächlich hat sie im großen und ganzen nicht so schrecklich gelitten, wie ich nach dem ersten Schock erwartet hatte, in dem sie natürlich den von Ihnen beigelegten Brief schrieb. Ich wußte gar nicht, daß man in solchem Zorn Briefe schreibt, und ich brauche Ihnen wohl nicht zu versichern, daß wir ungeachtet meiner und Marys Vorstellungen über den Erziehungsweg, den Sie einzuschlagen beabsichtigten, so großen Anteil nehmen an Ihrem Verlust und Ihre Empfindungen so hoch achten, daß wir niemals zulassen könnten, daß ein derartiger Brief an Sie gesandt wird, hätten wir seinen Inhalt vermutet.«

Man kann sich den Charakter dieses Briefes (der nicht erhalten ist) – im ersten Moment des Entsetzens und der Verzweiflung verfaßt – leicht vorstellen. Nachdem sie ihn geschrieben hatte, verfiel Claire wahrscheinlich in einen Zustand relativer Ruhe, wie er nach einem überwältigenden Schock zunächst eintritt. Die Katastrophe, die zu furchtbar war, um sich auch nur in Gedanken wirklich damit auseinanderzusetzen, war eingetroffen. Nun konnte nichts mehr passieren; ihr war alles genommen, und so war sie in Sicherheit.

»Sie [Claire] scheint nun verstört«, fügte Shelley hinzu, »und ob sie weiterhin von Ihrer Erlaubnis, das Begräbnis zu arrangieren, Gebrauch zu machen beabsichtigt, weiß ich nicht. Ich bin wahrhaftig so erschöpft von den Szenen, die wir durchgemacht haben, daß ich nicht zu fragen wage.

Ich denke, sie wird sich überreden lassen, nicht weiter einzugreifen, denn ich bin überzeugt, wenn sie irgendwie hervorträte, würde ihr das so schaden, wie es mir, und wohl auch Ihnen, wehtun würde. Sie hat keine Einwände dagegen (soviel hat sie gesagt), daß die Beisetzung in England stattfindet.«

Byrons Liebe zu Allegra bestand nur insofern, als er das Kind mit sich selbst identifizierte, und dieser Haltung blieb er weiterhin verhaftet. »Es ist gegenwärtig meine Absicht«, schrieb er an John Murray, »ihre sterblichen Überreste nach England zur Bestattung in der Kirche von Harrow zu schikken... in welchem Schiff, weiß ich nicht« – aber Teresa kümmerte sich um die Einzelheiten. Und einige Wochen später fügte er hinzu: »Dort ist eine Stelle auf dem Kirchhof, nahe dem Fußweg, auf der Kuppe des Windsor zugewandten Hügels; und eine Grabstelle unter einem großen Baum (die den Namen Peachie oder Peachey trägt), wo ich als Knabe einst stundenlang saß; das war mein Lieblingsplatz; da ich aber eine Gedenktafel für sie aufstellen lassen will, sollte der Leichnam lieber in der Kirche beigesetzt werden, gleich bei der Tür. Wenn man hereinkommt, ist links ein Grabstein mit einer Tafel, auf der folgende Worte stehen:

›When Sorrow weeps o'er Virtue's sacred dust,
Our tears become us, and our Grief is just;
Such were the tears she shed, who grateful pays
this last sad tribute of her love and praise.‹*

Ich erinnere mich (nach siebzehn Jahren) noch an sie, nicht weil etwas Bedeutsames daran wäre, sondern weil ich von meinem Platz auf der Empore den Blick im allgemeinen auf diesen Grabstein gerichtet hielt; in geziemender Nähe dazu möchte ich Allegra gern begraben wissen und an der Wand eine Marmortafel mit folgenden Worten anbringen lassen:

Zum Gedenken an

Allegra

Tochter von G. G. Lord Byron
gestorben in Bagnacavallo
in Italien, am 20. April 1822
im Alter von fünf Jahren und drei Monaten.
»Ich werde wohl zu ihr fahren;
sie kommt aber nicht wieder zu mir.«
2. Samuel 12,23.

Byrons Wünsche trafen auf mancherlei Widerstand. Als die Nachricht vom Tod des Kindes in Pisa eintraf, hatte Lega Zambelli sofort an Ghigi zurückgeschrieben, daß »Mylord in seiner Untröstlichkeit alles gutheißt, was unternommen wurde, und Sie berechtigt, die Professoren und alle anderen auszuzahlen.« Und in einem späteren Brief teilte er ihm mit, da »Protestanten in katholischen Ländern geweihte Erde

* »Wenn Kummer über den heiligen Staub der Tugend weint / Stehen unsere Tränen uns wohl an, und unser Leid ist angemessen / Und solche Tränen weinte sie, die dankbar diesen / Letzten traurigen Tribut der Liebe und Lobpreisung zollt.«

nicht gewährt wird«, wolle Byron den Leichnam des Kindes auf einem Schiff von Livorno aus in sein Heimatland zurückschicken. Woraufhin Ghigi – so verstört und bekümmert, daß er »wünschte, er wäre dem edlen Lord nie begegnet« – die Einbalsamierung des kleinen Leichnams anordnete und einen doppelten Sarg aus Blei und Eichenholz, einen Kasten für das Herz des Kindes sowie einen weiteren für die Eingeweide in Auftrag gab. Er merkte jedoch an, daß der Apotheker »eine gute Bezahlung für die Einbalsamierung erwarten wird, wie es bei solch ungewöhnlichen Operationen üblich ist, welche im allgemeinen nur bei großen Persönlichkeiten vorgenommen werden«. Das gesamte Kloster, so fügte er hinzu, sei in großer Aufregung, »die Nonnen sehr verstört und Suor Marianna derart niedergeschlagen, daß sie das Bett hütet«. Für ihn selbst aber seien »die Widrigkeiten, die Unannehmlichkeiten und unvorhergesehenen Ausgaben nicht zu beschreiben«. Zu guter Letzt sandte er den kleinen Sarg und die zwei Kästen in der Begleitung (da er meinte, es sollte ein Priester dabei sein) seines eigenen Schwagers, Don Gaetano Fabiani, und eines weiteren Mannes nach Livorno ab. Doch als der traurige kleine Zug in Pisa eintraf, weigerte sich Byron, sie auch nur zu empfangen. »Sie sind [nach Ravenna] zurückgekehrt«, schrieb Ghigi, »und waren sehr gekränkt, daß Mylord sie nicht empfangen wollte, und auch ich erröte bei dem Gedanken, eines Tages könnte bekannt werden (denn bis jetzt suchten wir es zu verbergen), daß dies so war. Ich glaube auch, daß Mylord sehr empfindsam und tief bekümmert ist, doch bin ich mir auch bewußt, daß jeder Mensch seinen Stolz hat – und man darf des eigenen Kummers wegen nicht vergessen, was man anderen schuldig ist.«* Doch Legas Antwort enthielt nur eine lahme Entschuldigung sowie die Bitte, Ghigi möge Mylord Trüffel aus der Romagna besorgen!

Selbst damit war der Briefwechsel noch nicht beendet. Lega feilschte noch Monate um die Rechnungen für den Sarg, den Leichenbestatter und die Einbalsamierung (mit der Begründung, »die Menge der verwendeten Spezereien reichten für einen erwachsenen Menschen aus«), bis Ghigi endlich vol-

* Britisches Museum, Add. MSS 47873

ler Abscheu schrieb: »Wenn er die schuldigen 300 *scudi* nicht bezahlen will, so mag er zahlen, was ihm beliebt. Ich darf und kann eine solche Niedrigkeit bei dem edlen Lord nicht glauben. Ich bin kein Engländer, doch stehe ich ihnen von der Gesinnung her an Edelmut in nichts nach.« Er wurde jedoch nie vollständig bezahlt, wie aus einer detaillierten Abrechnung hervorgeht, die er nach Byrons Tod an seine Testamentsvollstrecker sandte.*

So ging der Hader, den die arme kleine Allegra durch ihr bloßes Dasein hervorgerufen hatte, selbst nach ihrem Tode weiter. Ihr Leichnam traf etwa Mitte August in London ein und wurde von Murray an das Bestattungsunternehmen B. Palmers & Sons weitergeleitet, während er sich behutsam erkundigte, ob der Pfarrer der Kirche von Harrow bereit sei, den Gottesdienst abzuhalten. Dies sagte der Pfarrer zu, fragte aber zugleich an, »ob es nicht tunlich und wünschenswert sei, die Wünsche seiner Lordschaft *einstweilen* nur zu einem *Teil* zu erfüllen – indem das Kind beerdigt und eine Tafel mit dem bloßen Namen darauf errichtet werde; und Lord Byron somit mehr Muße gelassen werde, über die Art der gewünschten Inschrift nachzudenken. Mir will wahrlich scheinen, er wird – was immer er sich in dem Moment seiner Betrübnis über den Verlust seines Kindes wünschte – später doch bereuen, daß er sich mühte, der Welt kundzutun, was gewißlich seinem Namen keine Ehre machen wird... Ich sehe mich genötigt, Ihnen mitzuteilen, daß die beabsichtigte Inschrift von jedem Menschen mit gutem Geschmack, um von gesunder Moral ganz zu schweigen, als ein Verstoß gegen Geschmack und Anstand empfunden werden wird.« Der Kirchenvorsteher faßte das gleiche noch sehr viel knapper: »Verehrter Sir, im Namen der Gemeinde erhebe ich Einspruch gegen die Zulassung der Tafel von Lord Byrons Kind in der Kirche. James Winkley, Kirchenvorstand.« So wurde Allegra denn ohne

* Diese an Messrs. Hobhouse und Hanson adressierte Abrechnung umfaßte nicht nur alle Aufwendungen Ghigis für Allegras Krankheit und Beerdigung »mit Anstand, Schicklichkeit und Sorgfalt«, sondern auch die Unterhaltskosten für alle Tiere, die Byron zurückgelassen hatte: »eine Ziege mit gebrochenem Bein, ein häßlicher Hofhund, ein Vogel, der nur Fisch frißt, ein Dachs an der Kette und zwei häßliche alte Affen.«

eine Tafel zu ihrem Andenken gleich hinter der Kirchenschwelle begraben.*

In Bagnacavallo vergaß man Allegra lange nicht. »Die Erinnerung«, schrieb Suor Marianna, »an ein kleines Kind, das höchst ungewöhnliche Eigenschaften von Herz und Geist in sich vereinte, wird ewig in diesem Hause leben.« Die guten Nonnen fertigten eine kleine Wachsstatue von ihr an und zogen ihr Allegras Kleider an – »ein Hemd, ein rotes Kleid, eine kleine Pelzpelerine und ein goldenes Kettchen um den Hals«. Sie war gestorben, sagten sie, weil sie »zu intelligent war für das Leben«; nie hätten sie eine so begabte und vielversprechende Schülerin gehabt.** Der Samt von Byrons Peersrobe, die er ihnen geschickt hatte, auf daß sie zu einem Kleidchen für seine Tochter verarbeitet werde, wurde zu einem Vorhang für die Kirchentür verwandt, doch ein kleines Stück Hermelinbesatz wird noch von einer Nonne als Schatz gehütet. Und eine kleine Wachsstatue der Madonna, die die Non-

* Die Beerdigung fand am 10. September statt und kostete – laut Rechnung des Bestattungsunternehmens – £58 6s. 0d., was eine »kräftige Rüsterholzkiste als Behältnis für die drei Frachtstücke«, einen Leichenwagen mit Pferden sowie drei breite Seidenschärpen, Hutbänder und seidene Handschuhe einschloß. Diese Rechnung befindet sich bei den Dokumenten im Besitz von Sir John Murray. Wie wenig Byron nach wie vor bewußt war, was bei anderen Mißfallen erregen könnte, zeigt eine Frage, die er Murray stellte, nachdem die Zeitungen nach Allegras Beerdigung einige unfreundliche Kommentare gebracht hatten, da Lady Byron bisweilen die Kirche von Harrow besuchte. »Weshalb sagen Sie mir nicht, was die Einwände gegen die Inschrift über die arme kleine Allegra waren oder sind? War daran irgend etwas auszusetzen?« (L. G., VI, 153).

** Das seltsame, hübsche Kind, das aus der großen Welt der Mode und der Sünde zu ihnen gekommen war, hatte die Phantasie des Volkes derart angeregt, daß man sich die Geschichte erzählte, Byron sei am 10. August – vier Monate zu spät – gekommen, um dem Kloster unter falschem Namen einen Besuch abzustatten. »Ich erinnere mich«, sagte eine alte Frau, die als Kind in der Nachbarschaft gewohnt hatte, »daß wir eines Tages laute Schreie aus dem Kloster hörten, und es hieß, das sei Mylord, der den Tod seines Kindes beklagte und den Schwestern Vorwürfe machte, weil sie ihm nichts von ihrer Krankheit gesagt hatten. Ich habe den armen Herrn selbst gesehen. Ich fand ihn gutaussehend, mit lockigem Haar und blauen Augen. Mir fiel auf, daß er nicht gut gehen konnte.« Bioni, *La Figlia di Lord Byron*. Diese Geschichte erscheint ganz und gar apokryph – ja, sie läßt sich durch drei uns vorliegende Briefe Byrons widerlegen, die am gleichen Tag von Pisa datiert sind.

nen Allegra geschenkt hatten – in rötlichbraune Seide gekleidet und mit einer Goldkrone –, wurde ihrer liebsten Spielgefährtin, Elettra Malagola, vermacht, die sie bis zu ihrem Tode in Ehren hielt und ihrer eigenen Tochter vererbte. Von dieser wurde sie 1943 aus den Trümmern ihres ausgebombten Hauses gerettet und befindet sich nun in meinem Besitz – womöglich die letzte greifbare Verbindung zu Allegrina.

Drei Jahre vor Allegras Tod, als William in Rom starb, hielt Shelley in seinem Notizbuch diese unvollständigen Versfragmente fest:

> What hast thou done then Lifted up the veil
> Which between that which seems and that which is
> Hangs on the scene of life?

Und einige Seiten später kommen weitere unvollendete Zeilen, an »meinen verlorenen William« gerichtet:

> Where art thou, my gentle child?
> Let me think thy spirit feeds,
> With its life intense and mild,
> The love of living leaves and weeds,
> Among these tombs and ruins wild; –
> Let me think that, through low seeds
> Of sweet flowers and sunny grass,
> Into their hues and scents may pass
> A portion . . .*

* »Was hast du getan – den Schleier gelüftet / Der zwischen dem, was scheint, und dem, was ist / Über dem Schauplatz des Lebens hängt?« [. . .] »Wo bist du, mein sanftes Kind? / Laß mich glauben, dein Geist nährt / Mit seinem Leben stark und mild / Die Liebe lebenden Laubs und Krauts / Inmitten dieser wilden Grabmale und Ruinen / Laß mich glauben, durch niedere Samen / Von süßen Blumen und sonnigem Gras / Zieht vielleicht ein Teil davon / in ihre Farbtöne und Düfte . . .«
Zitiert nach Neville Rogers, »Shelley and the West Wind«, in *The London Magazine*, Juni 1956, wo mehrere unveröffentlichte und nicht interpunktierte Auszüge aus Shelleys Notizbüchern angeführt werden.

Dort bricht das Fragment ab, als hätte der heftige Kummer selbst Shelley die Sprache verschlagen. Kehrte die Erinnerung an diese Zeilen zurück – so fragt man sich –, als er in den stürmischen ersten Tagen nach Allegras Tod an der Ligurischen Küste auf und ab schritt? Dachte er an all die Kinder, die ihm seiner tiefen Zuneigung zum Trotz eins nach dem anderen genommen worden waren – Marys erstes Baby, nur drei Wochen alt, und dann die kleine Clara und endlich sein fröhlicher, sanfter »Willmouse«? Auch seine Kinder von Harriet – Charles und Ianthe – waren für ihn verloren, fortgenommen aufgrund einer Verfügung, die er als kaum weniger grausam ansah als den Tod. Und nun Allegra.

Zwei Wochen nach Allegras Tod und nur zwei Monate, ehe er selbst zum letzten Mal über dieses Meer aufbrach, sah Shelley – als er mit Williams auf der Terrasse der Casa Magni stand – die Gestalt eines Kindes aus den Wellen aufsteigen. Sie verschwand. Dann rief er, sich an den Arm des Freundes klammernd: »Dort ist es wieder, dort!« Allegra kam im Mondenschein auf ihn zu, klatschte wie vor Freude in die Hände und lächelte ihm zu.

Epilog

Einige Wochen nach Allegras Tod verließ Claire die Casa Magni und fuhr nach Florenz, doch als Shelley starb, kehrte sie wieder zu Mary und Jane Williams nach Pisa zurück. »Wir haben eine gemeinsame Kasse«, schrieb Mary, »und da uns der Kummer vereint, sind wir einstweilen auch im Leben vereint.« Die Kasse war schmal. Byron – über den Trelawny später an Claire schrieb, er sei »selten gerecht und nie großzügig« gewesen – machte reichliche Versprechungen auf finanzielle Unterstützung, die er jedoch nie einlöste, und nur Trelawnys Großzügigkeit ermöglichte Mary schließlich die Rückkehr nach England. Dann reiste Claire über die Alpen nach Wien, wo ihr Bruder Charles lebte, um sich dort nach einer Stellung als Gouvernante umzusehen, doch diesmal konnte selbst die romantische Alpenlandschaft bei ihr keine Begeisterung wecken. »Ich habe auf der ganzen Reise versucht«, schrieb sie an Lady Mountcashell, »Ihrem Rat zu folgen und die Gegend zu bewundern – meine teuerste Lady, es war alles vergebens. Ich sah keine Berge und Täler, Wälder und rauschenden Bäche... ich sah nur meinen verlorenen Liebling.« Es gelang ihr nicht, in Wien eine Stellung zu finden, und 1823 faßte sich dann Lady Mountcashell, die den Gedanken, Claire müsse »im fremden Lande verhungern«, nicht ertrug, ein Herz und schrieb an Byron. »Die Mutter eines Wesens, das Ihrem Herzen einst nahestand, ist nun völlig mittellos; hauptsächlich infolge der unglücklichen Verbindung, die bösartigen Zungen erlaubt, ihren bescheidenen Namen mit einem hochberühmten zu verknüpfen...« Dann bat sie ihn, Claire zumindest einen kleinen Teil dessen zukommen zu lassen, was er für Allegra bestimmt hatte. »Ich weiß wohl, daß Sie Grund zur Verärgerung hatten, doch wird ein Geist wie der Ihre solche Unbill gewißlich rasch vergessen haben.«

Es muß wohl kaum gesagt werden, daß diese Bitte auf Ablehnung stieß, doch gab sich die Lady nicht sogleich geschlagen. »Meine Hoffnung war«, schrieb sie an Mary Shelley, »Lord Byron werde, wenn er von ihrer [Claires] Lage erfährt, aus seinem verhältnismäßigen Wohlstand heraus eine merkliche Unterstützung gewähren... [Sie] sagt, ihr einziger Wunsch sei, sich in das Meer zu legen wie eine Seejungfrau... Wenn Lord Byron sie mit den Mitteln versieht, dies wohlversorgt zu tun, vergebe ich ihm alles.«*

Doch Byron blieb unerbittlich, und Claire verbrachte völlig verarmt mehrere Jahre als Gouvernante in Rußland, »eingesperrt«, wie sie schrieb, »mit fünf abscheulichen Kindern«. In ihren Briefen klagte sie über »das öde Einerlei, dem ich verhaftet bin; keine Gespräche über öffentliche Angelegenheiten, keine Gespräche über Bücher, von nichts bekomme ich je zu hören mit der Ausnahme von Karten, Essen und den verschiedenen Methoden, mit Leibeigenen umzugehen.« Es gelang ihr jedoch, sich für eine Weile einen deutschen Verehrer zuzulegen, der meinte, wie sie schrieb, sie könne »verstehen, daß es sich bei dem, was so lange in seiner Seele verschlossen war, um Schätze handle, die zu kostbar sind, um sie an den derben russischen Boden zu verschwenden... Was Du für Shelley empfunden hast«, erklärte sie Mary, »das empfinde ich für ihn.« Doch auch diese Romanze fand ein Ende, und erst als 1844 Shelleys Vater starb, erhielt Claire endlich das Erbteil, das der Dichter ihr vermacht hatte, und es begann eine relativ angenehme und sorgenfreie Zeit für sie. In späteren Jahren lebte sie hauptsächlich in Florenz und Pisa, wo sie zum römisch-katholischen Glauben übertrat und an der Zimmerwand ein Porträt von Shelley neben einem Kruzifix hängen hatte.

In einem seltsamen Brief an Mary schrieb Claire 1834, sie würde gern einen Verein lediger Mütter gründen, und ließ sich weitschweifig über die höherwertige Liebe aus, die solche Mütter für ihre Kinder empfinden. »Es ist sehr schwer für eine Frau, ihre Kinder liebzuhaben, wenn sie ehelich sind; sie tragen nicht ihren Namen; sie gehören ihr nicht, bei ihrem

* Abinger-Nachlaß [1822]

Anblick muß sie sich stets des eigenen Sklaventums gewahr werden, und dessen Fesseln schneiden sich tiefer in ihre Seele ein.« Demgegenüber, behauptete sie, löse »der Sproß der Freiheit und der Liebe, der Schönheit und Kraft« Muttergefühle »in voller Stärke« aus. »Ich bin gewiß, es hat nie eine Frau ein uneheliches Kind zur Welt gebracht und nicht gespürt, wie eine stolze heldenhafte Verzückung von ihr Besitz ergriff, vergleichbar mit der eines Märtyrers auf dem Scheiterhaufen.«*

Dessen ungeachtet beabsichtigte Claire im hohen Alter, ein Buch zu schreiben, das »anhand des Lebens von Shelley und Byron die Gefahren und Übel illustriert, die aus irrigen Ansichten über die Beziehung der Geschlechter hervorgehen«. Das Thema wäre durchaus lohnend gewesen. Ihre unheilbar romantische Veranlagung, die sich mit einem abenteuerlichen Umgang mit der Wahrheit paarte, nahm im Alter noch zu und scheint mit einem beträchtlichen Maß an exzentrischem Verhalten und Launenhaftigkeit einhergegangen zu sein. »Sie stellt vielerlei Ansprüche«, schrieb ein Neffe von ihr, »und hat vielerlei Schrullen«. Wenn sie nach England fuhr, besuchte sie bisweilen Mary Shelley in Field Place. »Geh nicht fort, Liebes!« flehte Mary ihre Schwiegertochter vor einem dieser Besuche an, »laß mich nicht mit ihr allein! Sie ist der Fluch meines Lebens seit meinem dritten Lebensjahr.«

Claires Briefwechsel mit Trelawny, der nach Shelleys Tod in überaus romantischem Stil begann, wurde fast ein halbes Jahrhundert später wieder aufgenommen, als Trelawny ihr schrieb und sie um »Worte und Taten« Shelleys aus ihrer Erinnerung bat. Claire hat offenbar ausführlich geantwortet und sagte dabei über Byron: »Niemals, niemals, im Himmel nicht und nicht auf Erden, kann und will ich das Unrecht verzeihen, das er meinem wehrlosen Kind angetan hat. Ich wäre die übelste Verräterin, bliebe ich nicht ihrem Andenken treu.« Darüber hinaus scheint sie ein merkwürdiges Gerücht weitergegeben zu haben, das ihr irgendwie zu Ohren gekommen war: daß nämlich Allegra noch am Leben sei, denn Tre-

* Abinger-Nachlaß, 16. September 1834

lawnys nächster Brief beginnt*: »Körperlich mag es Ihnen gut gehen, aber Sie sind nicht recht bei Verstand; Sie haben sich wegen Allegra eine verrückte Idee in den Kopf gesetzt. Byron wollte gewißlich, daß das Kind am Leben blieb, und sprach davon, wie er es erziehen lassen und in eine alte italienische Familie verheiraten wollte, indem er ihm eine gute dota [sic] mitgab – mit dieser suchte er Verwandtschaft, da er nie nach England zurückkehren würde. Was hätte er damit bezwecken sollen, wenn er ihren Tod vortäuschte oder ihn wünschte? Er hatte mit ihr keine Last, und die Ausgaben waren unbedeutend; von allen natürlichen Bindungen in seinem eigenen Land abgeschnitten, wünschte er sich eine solche Bindung im Ausland, und zwar so sehr, daß er in Griechenland beinahe als erstes ein kleines Mädchen ungefähr in Allegras Alter oder etwas älter adoptierte – ein türkisches Waisenkind.« Und in einem späteren Brief: »Wäre ich in Italien, könnte ich Sie von Ihrem tollen Wahn bezüglich Allegras kurieren; ich würde in das Kloster gehen und mir eine geeignete vertrocknete, schrullige Alte aussuchen, die da im Kloster schmarotzt und ungefähr so alt ist, wie das Kind jetzt wäre, zweiundfünfzig, sie mit einer entsprechenden Geschichte und Papieren ausstaffieren und zu Ihnen bringen. Sie sollte Ihnen folgen wie ein weiblicher Frankenstein. Ich kann mir nichts Entsetzlicheres vorstellen, als daß ein alter Mann oder eine alte Frau, die ich dreiundvierzig Jahre lang nicht gesehen habe, mich als Vater in Anspruch nehmen will.« Diese wahrlich makabre Vorstellung ist die letzte Anspielung auf Allegra.

Trelawny und Claire, die unberechenbarsten und stürmischsten Freunde Shelleys, überlebten alle anderen. »Unsere Freundschaft«, schrieb ihr Trelawny 1869, »hatte einen ungestümen Beginn – und dann – von einer Laune gelockt oder vom Schicksal getrieben, gingen wir getrennte Wege – der Mensch ändert sich nie – wir sind uns gleich geblieben – beinahe die letzten aus der Schar, die den einsamen und empörten Dichter umschwärmte und verehrte… Erfüllen Sie meinen Wunsch und schreiben Sie mir über Percy«, fügte er

* Claire an Trelawny, März 1870. R. Glynn Grylls, *Claire Clairmont*, Appendix C.

hinzu. »Sie und Jane sind die letzte Verbindung, und wir drei müssen bald ›in unsere Gräber sinken‹.«

Am 19. März 1879 starb Claire im Alter von 81 Jahren in Florenz und wurde »mit Shelleys kleinem Tuch« auf dem Friedhof S. Maria dell' Antella in Bagno a Ripoli begraben, drei Meilen vor der Stadt. Die Inschrift auf ihrem Grabstein erklärt: »Ihr Leben ging im Leid dahin, sie büßte nicht nur für ihre Fehler, sondern auch für ihre Tugenden.«

Quellen und Anmerkungen

Seit der Erstveröffentlichung meines Porträts von Allegra im Jahre 1935 ist viel neues Material zugänglich geworden. Die wesentlichen Züge der Geschichte bleiben davon zwar unberührt, doch wird Claires Seite deutlicher erhellt durch den Nachlaß Claire Clairmont im Besitz von H. Buxton Forman†, Claires Tagebücher in der Ashley-Collection des Britischen Museums, die Boscombe-Manuskripte sowie einen Brief von Claire an Mary Shelley im Abinger-Nachlaß (auf all dieses Material stützt sich R. Glynn Grylls, *Claire Clairmont*), durch die von Lorraine Robertson in *The Keats-Shelley Memorial Bulletin* (IV, Rom 1952) erstmals veröffentlichten Auszüge aus Claires Tagebüchern und Notizbüchern und vor allem durch die im Besitz von Sir John Murray befindlichen Briefe Claires an Byron, veröffentlicht von George Paston und Peter Quennell in *To Lord Byron*.

In den Murray-Manuskripten findet sich auch ein Brief von Lady Mountcashell an Byron, in dem sie ihn um finanzielle Unterstützung für Claire bittet, und im Abinger-Nachlaß Lady Mountcashells Briefwechsel mit Mary Shelley zu dem gleichen Thema sowie ein unveröffentlichter Brief von Claire an Mary Shelley über die Tugenden lediger Mütter.

Darüber hinaus habe ich zahlreiche weitere Einzelheiten finden können, die unsere Wissenslücken über Allegras kurzes Leben schließen. Der Gamba-Nachlaß, nunmehr in der Biblioteca Classense in Ravenna, enthält in Byrons Briefen an Teresa Guiccioli wie auch in Teresas eigenem, unveröffentlichten »Vie de Lord Byron en Italie« zahlreiche Hinweise auf sie. Im Britischen Museum, Add. MSS 46873 und 46878, befinden sich Pellegrino Ghigis Briefe an Lega Zambelli über Allegras Krankheit, Tod und Einbalsamierung sowie mehrere Briefe an Byron von der Mutter Oberin des Klosters. Kopien von Ghigis Briefen befinden sich auch in der Öffentlichen Bibliothek von Forlì in dem Ordner 1812 von Ghigi, *Negozianti e Banchieri di Ravenna*.

Schließlich habe ich folgende Werke herangezogen:

- *Letters and Journals of Lord Byron*, hrsg. von R. E. Prothero (1898–1904)
- *Lord Byron's Correspondence*, hrsg. von John Murray (1926)
- *The Letters of Percy Bysshe Shelley*, hrsg. von Roger Ingpen (1926)
- Julian Marshall, *The Life and Letters of Mary Wollstonecraft Shelley* (1889)
- Edward Dowden, *The Life of Percy Bysshe Shelley* (1886)
- *The Letters of E. J. Trelawny*, hrsg. von H. Buxton Forman (1910)

– Mary Shelley, *History of a Six Weeks' Tour* (1817)
– Thomas Jefferson Hogg, *The Life of Shelley* (1855)
– Thomas Love Peacock, *Memoirs of Percy Bysshe Shelley* (1855–60)
– Thomas Moore, *Life, Letters and Journals of Lord Byron* (1830)
– Marguerite Countess of Blessington, *Conversations of Lord Byron* (1834)
– Ethel Colburn Mayne, *Byron* (1924)
– R. Glynn Grylls, *Mary Shelley* (1938)
– R. Glynn Grylls, *Claire Clairmont* (1939)
– William Graham, *Last Links with Byron, Shelley and Keats* (1898)
– Ralph Milbanke Earl of Lovelace, *Astarte* (1905)
– George Paston and Peter Quennell, *To Lord Byron* (1939)
– Teresa Guiccioli, *Lord Byron Jugé par les Témoins de sa Vie* (1868)
– *The Journals and Notebooks of Claire Clairmont*, nicht im Druck erschienene Passagen veröffentlicht in Lorraine Robertson, *The Keats-Shelley Memorial Bulletin*, IV, Rom (1952)
– Padre Luigi da Gatteo, *Un' Oasi nel Deserto*, Storia del Monastero di S. Giovanni Battista in Bagnacavallo (1935)
– Emilio Biondi, *La Figlia di Lord Byron* (1899).

Den zwei letztgenannten Werken verdanke ich Angaben über das Kloster San Giovanni sowie Anekdoten über Allegra während ihres dortigen Aufenthalts. *Un' Oasi nel Deserto* enthält das bei der Gründung der Schule festgelegte Reglement und eine Beschreibung der Nonnen sowie Zitate aus Manuskripten, die im Klosterarchiv aufbewahrt wurden. Wie aus einem Brief der damaligen Mutter Oberin des Klosters, Suor Maria Crocifissa di Gesù, an Prof. Biondi vom 27. Juli 1899 hervorgeht, wurden diese Dokumente aber im Jahre 1870 auf Anweisung des Generalvikars von Faenza »einem Herrn aus Florenz« ausgehändigt. Doch fand sich vor kurzem unter dem in der Klosterschule zum Auslegen der Schränke benutzten Papier die folgende Empfangsbestätigung über die Gebühren für Allegras erstes Halbjahr dort:

Pagò il Sig. Antonio Lega Zambelli Segretario del Nobil Lord Byron (Pari d' Inghilterra) *al Sindaco del Venerabile Monastero delle Cappuccine in S. Gio. Battista Scudi Settanta per il semestre di dozzina della Madamigelle Allegra Byron educanda in detto Monastero, scadente li 30 agosto p. v. Dicansi Scudi 70 Per spese occorse in detto semestre.*

Iris Origo,
irisch-amerikanischer Herkunft, lebte über sechzig Jahre in Rom und La Foce, ihrem Landgut in der Nähe von Montepulciano, in der Toskana, wo sie 1988 starb. Sie ist Autorin einer Reihe von historischen Werken mit anglo-italienischem Hintergrund. Als ihr Hauptwerk gilt *Der Kaufmann von Prato*. Die Porträtskizze stammt von Augustus John.

Lesen Sie weiter:

Giuseppe Tomasi di Lampedusa
»... Ich sucht' ein Glück, das es nicht gibt ...«
Byron · Shelley · Keats
Im Nachlaß des Verfassers von
›Der Leopard‹ aufgefunden:
Die Porträts dreier großer englischer Autoren,
die Italien als Exil wählten.
Aus dem Italienischen von Sigrid Vagt.
SALTO. Rotes Leinen. 96 Seiten.

Italienische Liebesgeschichten
Dieser Band sammelt Erzählungen der bedeutendsten italienischen Autoren der Gegenwart zu einem Thema, von dem der Latin Lover nach landläufiger Meinung viel versteht.
Herausgegeben von Klaus Wagenbach.
SALTO. Rotes Leinen. 96 Seiten

Italienische Reise
Literarischer Reiseführer durch das heutige Italien
Was Sie schon immer über Italien wissen wollten, aber in keinem Reisebüro erfahren konnten: Was anders ist in Italien als bei uns zuhause.
Quartheft 137. 208 Seiten

Liebes-Erklärungen
Ins Gespräch gebracht von Claudia Schmölders
Dichter und Denker im Gespräch über
die Liebe und ihre Heimsuchungen.
Ein deutsches Lesebuch aus zwei Jahrhunderten
über ein undeutsches Thema.
Originalausgabe. WaT 226. 144 Seiten

*»Der Name Erich Fried
wird nicht in Vergessenheit geraten,
darf nicht in Vergessenheit geraten.«*
Marcel Reich-Ranicki

Erich Fried
Gesammelte Werke

Herausgegeben von Volker Kaukoreit und
Klaus Wagenbach
Vier Bände in Halbleinen im Schuber
Je 600 Seiten, mit Anmerkungen,
Gesamtregister und Lebenschronik

Die erste Werkausgabe, mit sämtlichen veröffentlichten
Gedichten und der erzählenden Prosa,
in chronologischer Folge.

*»Ich bin überzeugt,
daß das Werk von Erich Fried
zum Dauerhaftesten gehört,
was diese Zeit hervorgebracht hat.«*
Helmut Heißenbüttel

Verlag Klaus Wagenbach, Ahornstraße 4, 10787 Berlin

Allegra
erschien als vierzigster *SALTO* im September 1993

Die Originalausgabe erschien 1935 in der Hogarth Press, London

Für den Einband wurde das Gemälde »Ansicht von Tivoli«
von Abraham Louis Ducros verwendet
Gesetzt aus der Borgis Janson
Gesamtherstellung Clausen & Bosse, Leck
Gedruckt auf chlor- und säurefreiem Papier
Leinen von Hubert Herzog, Beimerstetten

ISBN 3 8031 1139 0

»Der Name Erich Fried
wird nicht in Vergessenheit geraten,
darf nicht in Vergessenheit geraten.«
Marcel Reich-Ranicki

Erich Fried
Gesammelte Werke

Herausgegeben von Volker Kaukoreit und
Klaus Wagenbach
Vier Bände in Halbleinen im Schuber
Je 600 Seiten, mit Anmerkungen,
Gesamtregister und Lebenschronik

Die erste Werkausgabe, mit sämtlichen veröffentlichten
Gedichten und der erzählenden Prosa,
in chronologischer Folge.

»Ich bin überzeugt,
daß das Werk von Erich Fried
zum Dauerhaftesten gehört,
was diese Zeit hervorgebracht hat.«
Helmut Heißenbüttel

Allegra
erschien als vierzigster *SALTO* im September 1993

Die Originalausgabe erschien 1935 in der Hogarth Press, London

Für den Einband wurde das Gemälde »Ansicht von Tivoli« von Abraham Louis Ducros verwendet
Gesetzt aus der Borgis Janson
Gesamtherstellung Clausen & Bosse, Leck
Gedruckt auf chlor- und säurefreiem Papier
Leinen von Hubert Herzog, Beimerstetten

ISBN 3 8031 1139 0